台灣の讀者の皆さんへのコメント

海を越えて旅したことのない私の書いた小說が、
海を越えて多くの讀者の皆樣のもとに屆いていることを、
心から嬉しく思っています。
この作品も、どうぞお樂しみいただけますように！

致親愛的台灣讀者

從未出國旅行的我，
這次很高興自己寫的小說能跨海與許多讀者見面，
希望這部作品能帶給您無上的閱讀樂趣。

宮部みゆき

千代子

チヨ子

宮部美幸
Miyabe Miyuki

邱香凝・李彥樺——譯

宮部美幸作品集 73
Miyabe Miyuki

宮部美幸

作品集／73

MIYABE MIYUKI

千代子

Contents

導讀——張亦絢

進入「宮部美幸館」，就是進入最具原創力與當下性的新新羅浮宮

宮部美幸並不是不容錯過的推理作家——她是不容錯過的作家。

她不只值得我們在休閒時光中，一飽推理之福，也為眾人締造了具有共同語言的交流平台，讓我們得以探討當代的倫理與社會課題。

在這篇導讀中，我派給自己的任務，是在高達六十餘部作品中，挑出若干作品，介紹給兩類讀者，一是還未開始閱讀宮部美幸者；二是面對她龐大的創作體系，雖曾閱讀一二，但對進一步涉獵，感到難有頭緒的讀者。

入門：名不虛傳的基本款

在入門作品上，我推薦《無止境的殺人》、《魔術的耳語》與《理由》。

《無止境的殺人》：對於必須在課業或工作忙碌時間中，抽空閱讀的讀者，短篇集使我們

可以自行調配閱讀的節奏——小說其實具備我們在小學時代都曾拿到過的作文題目旨趣：假如我是×××——本作可看成「假如我是某某某的錢包」的十種變奏。擬人化的錢包是敘述者。如何在看似同一主題下，變化出不同的內容，本作也有「趣味作文與閱讀」的色彩，是青春期讀者就適讀的想像力之作。短篇進階則推《希望莊》。從短篇銜接至較易讀的長篇，《逝去的王國之城》則是特別溫馨的誠摯之作。

《魔術的耳語》：這雖不是作者的首作，但卻是作者在初試啼聲階段，一鳴驚人的代表作。北上次郎以〈閱讀小說的最高幸福〉讚譽，我隔了二十年後重讀，依然認爲如此盛讚，並非過譽。媚工、心智控制、影像——分別代表了古老非正式的「兩性常識」、傳統學科心理學或醫學、以至商業新科技三大面向的操縱現象及後遺症——這三個基本關懷，會在宮部往後的作品，比如《聖彼得的送葬隊伍》中，不斷深入。雖是作者的原點之作，也已大破大立。

《理由》：與《火車》同享大量愛好者的名作；雖然沒有明顯資料顯示，是枝裕和的《小偷家族》受到《理由》一書的影響，但兩者除了有所相通，寫於一九九九年的《理由》更是充分顯露宮部美幸高度預見性天才的作品。住宅、金融與土地——社會派有興趣的主題，偶爾會得到若干作家略嫌枯燥的處理——《理由》則以「無論如何都猜不到」的懸疑與驚悚，令人連一分鐘也不乏味地，就看完了批判經濟體系的上乘戲劇。說它是「推理大師爲你／妳解說經濟學」，還是稍微窄化了這部小說。除了推理經典的地位之外，也建議讀者在過癮的解謎外，注意本作中，無論本格或社會派中，都較少使用的荒謬諷刺手法。

冷門？尺度特別的奇特收穫

接著我想推三部有可能「被猶豫」的作品，分別是：《所羅門的僞證》、《落櫻繽紛》、與《蒲生邸事件》。

《所羅門的僞證》：傳統的宮部美幸迷，都未必排斥她的大長篇，比如若干《模仿犯》的讀者非但不抱怨長度，反而倍受感動。分成三部、九十萬字的《所羅門的僞證》可能令人遲疑，節奏太慢？眞有必要？事實上，後兩部完全不是拖拉前作的兩度作續，三部都是堅實縝密的推理。最後一部的模擬法庭，更是將推理擴充至校園成長小說與法庭小說的漂亮出擊：宮部美幸最厲害的「對腦也對心說話」，更是發揮得淋漓盡致。此作還可視爲新世紀的「青春冒險小說」。說到冒險，過去的未成年人會漂到荒島或異鄉，然而現代社會的面貌已大爲改變：最危險的地方，就在「哪都不能去」的學校家庭中。誰會比宮部美幸更適合寫青春版的「環遊人性八十天」？少年少女之於宮部美幸，恰如黑猩猩之於珍古德，或工人之於馬克斯，三部曲可說是「最長也最社會派的宮部美幸」。

《落櫻繽紛》：「療癒的時代劇」，本作的若干讀者會說。但我有另個大力推薦的理由，我認爲，這是通往小說家從何而來的祕境之書。除了書前引言與偶一爲之的書名，宮部美幸鮮少掉書袋。然而，若非讀過本書，不會知道，她對被遺忘的古書與其中知識的領悟與珍視。如果想知道，小說家讀什麼書與怎麼讀，本書絕對會使你／妳驚豔之餘，深受啓發。

《蒲生邸事件》：儘管「蒲生邸」三字略令人感到有距離，然而，融合奇幻、科幻、歷史、愛情元素的本作，卻可說是一舉得到推理圈內外矚目，極可能是擁護者背景最爲多元的名盤。如果對「二二六事件」等歷史名詞卻步，可以完全放下不必要的擔憂。跳脫了「你非關心不可」與「你知道也沒用」兩大陣營的簡化教條，這本小說才會那麼引人入勝。我會形容本書是「最特殊也最親民的宮部美幸」。

以上三部，代表了宮部美幸最恢宏、最不畏冷門與最勇於嘗試的三種特質，它們有那麼一點點專門的味道，但絕對值得挑戰。

中間門：看似一般的重量級

最後，不是只想入門、也還不想太過專門——介於兩者之間的讀者，我想推薦《誰？》、《獵捕史奈克》與《三鬼》三本。

《誰？》：小編輯與大企業的千金成婚，隨時被叫「小白臉」的杉村三郎成爲系列作中，業餘到專業的偵探。看似完全沒有犯罪氣氛的日常中，案中案、案外案——至少有三案會互相交織連鎖——其中還包括一向被認爲不易處理的陳年舊案。喜歡生活況味與懸疑犯罪的兩種讀者，都容易進入；宮部美幸還同時展現了在《樂園》中，她非常擅長的親子或手足家庭悲劇。動機遠比行爲更值得了解——這不但是推理小說的法則，也是討論道德發展的基本認識：不是故意的犯罪、不得已的犯罪與不爲人知的犯罪，爲何發生？又如何影響周邊的人？除了層次井然，小說還帶出了「少女勞動者會被誰剝削？」等記憶死角。儘管案案相連，殘酷中卻非無情，是典型「不犯罪外，也要學會自我保護與生活」的「宮部伴你成長」書。

《獵捕史奈克》：主線包括了《悲嘆之門》或《龍眠》都著墨過的「復仇可不可？」問題。節奏快、結局奇，曾在《魔術的耳語》中出現的「媚工經濟」，會以相反性別的結構出現。本作是在各種宮部之長上，再加上槍隻知識的亮眼佳構。光是讀宮部美幸揭露的「槍有什麼」，就已值回票價——何況還有離奇又合理的布局，使得有如公路電影般的追逐，兼有動作片與心理劇的力道。雖然不同年齡層的男人互助，也還是宮部美幸筆下的風景，但此作中宮部美幸對女性的關愛，已非零星或一閃而過，而有更加溢於言表的顯現。

《三鬼》：《本所深川不可思議草紙》的細緻已非常可觀，《三鬼》驚世駭俗的好，並不只是深刻運用恐怖與妖怪的元素。它牽涉到透過各式各樣的細節，探討舊日本的社會組織與內部殖民。以兼作書名的〈三鬼〉一篇爲例，從窮藩栗山藩到窮村洞森村，令人戰慄的不只是

「悲慘世界」，而是形成如此局面背後「不知不動也不思」的權力系統。這是在森鷗外〈高瀨舟〉與〈山椒大夫〉譜系上，更冷峻、更尖銳也可說更投入的揭露——看似「過去事」，但弱勢者被放逐、遺棄、隔離並產生互殘自噬的課題，可一點都不「過去式」。雖然此作最令我想出聲驚呼「萬萬不可錯過」，不代表其他宮部的時代推理，未有其他不及詳述的優點。

透過這種爆發力與續航性，宮部美幸一方面示範了文學的敬業；在另方面，由於她的思考結構具有高度的獨立性與社會批判力，也令人發覺，她已大大改寫了向來只強調「服從與辦事」的「敬業」二字的含意。在不知不覺中，宮部美幸已將「敬業」轉化爲一系列包含自發、游擊、守望相助精神的傳世好故事。

進入「宮部美幸館」，就是進入最具原創力與當下性的新新羅浮宮。

本文作者簡介

張亦絢

巴黎第三大學電影及視聽研究所碩士。早期作品，曾入選同志文學選與台灣文學選。另著有《我們沿河冒險》（國片優良劇本佳作）、《晚間娛樂：推理不必入門書》、《小道消息》、《看電影的慾望》，長篇小說《愛的不久時：南特／巴黎回憶錄》（台北國際書展大賞入圍）、《永別書：在我不在的時代》（台北國際書展大賞入圍）。二〇一九年起，在BIOS Monthly撰寫影評專欄「麻煩電影一下」。

導讀──傅博

宮部美幸的推理文學世界「增補版」

日本當代國民作家宮部美幸

近年來在日本的雜誌上，偶爾會看到尊稱宮部美幸爲國民作家的文章。怎樣才能榮獲這個名譽呢？好像沒有確切的答案，然而綜觀過去被尊稱爲國民作家的作家生涯便不難看出國民作家的共同特徵。

明治維新（一八六八年）一百多年以來，被尊稱爲國民作家的爲數不多，夏目漱石和吉川英治是最早期的國民作家。夏目漱石是純文學大師，其作品具大眾性，一九一六年逝世至今，已歷一百年，其作品在書店仍然可見，代表作有《我是貓》、《少爺》等等。吉川英治是大眾文學大師，其作品有濃厚的思想性，對二次大戰戰敗的日本國民發揮了鼓舞的作用，其著作等身，代表作有《宮本武藏》、《新・平家物語》等等。

屬於戰後世代的國民作家有松本清張和司馬遼太郎。松本清張是社會派推理文學大師，其寫作範圍十分廣泛，除了推理小說之外，對日本古代史研究、挖掘昭和史等，留下不可磨滅的貢獻。司馬遼太郎是歷史文學大師，早期創作時代小說，之後撰寫歷史小說和文化論。這兩位作家的共同特徵是，著作豐富、作品領域廣泛、質與量兼俱。他們的思想對一九六〇年代後的日本文化發揮了影響力。

上述四位之外，日本推理小說之父江戶川亂步、時代小說大師山本周五郎，以及文學史上創作量最多、男女老少人人喜愛的赤川次郎也榮獲國民作家的尊稱。

綜觀以上的國民作家，其必備條件似乎是著作豐富、多傑作；作品具藝術性、思想性、社會性、娛樂性、普遍性；讀者不分男女，長期受到廣泛的老、中、青、少、勞動者以及知識分子的閱讀。

宮部美幸出道至今未滿二十年，共出版了四十三部作品，包括四十萬字以上的巨篇八部、長篇二十四部、中篇集四部、短篇集十三部，非小說類有繪本兩冊、隨筆一冊、對談集一冊。以平均每年出版兩冊的數量來說，在日本並非多產作家，但是令人佩服的是，其寫作題材廣泛、多樣，品質又高，幾乎沒有失敗之作。所獲得的文學獎與同世代作家相較，名列第一，該得的獎都拿光了。質的成功與量成比例，是宮部美幸文學的最大武器，也是獲得國民作家之稱的最大因素。

宮部美幸，本名矢部美幸，一九六〇年十二月二十三日生於東京都江東區深川。東京都立墨田川高中畢業之後，到速記學校學習速記，並在法律事務所上班，負責速記，吸收了很多法律知識。一九八四年四月起在講談社主辦的娛樂小說教室學習創作。

一九八七年，〈鄰人的犯罪〉獲第二十六屆《ＡＬＬ讀物》推理小說新人獎，〈鎌鼬〉獲第十二屆歷史文學獎佳作。一位新人，同年以不同領域的作品獲得兩種徵文比賽獎項實爲罕見。

前者是透過一名少年的觀點，以幽默輕鬆的筆調記述和舅舅、妹妹三人綁架小狗的計畫所引發的意外事件，是一篇以意外收場取勝的青春推理佳作，文風具有赤川次郎的味道。後者是以德川幕府時代的江戶（今東京）爲時空背景的時代推理小說。故事記述一名少女追查試刀殺人的凶手之經過，全篇洋溢懸疑、冒險的氣氛。

要認識一位作家的本質，最好的方法就是閱讀其全部的作品。當其著作豐厚，無暇全部閱讀時，則是先閱讀其處女作，因爲作家的原點就在處女作。以宮部美幸爲例，其作品裡的偵探，不管是系列偵探或個案偵探，很少是職業偵探，大多是基於好奇心，欲知發生在自己周遭的事件眞相，而做起偵探的業餘偵探，這些主角在推理小說是少年，在時代小說則是少女。其文體幽默輕鬆，故事收場不陰冷而十分溫馨，這些特徵在其雙線處女作之中已明顯呈現。

繼處女作之後的作品路線，即須視該作家的思惟了；有的一生堅持一條主線，不改作風，只追求同一主題，日本的推理小說家大多屬於這種單線作家——解謎、冷硬、懸疑、冒險、犯罪等各有專職作家。

另一種作家就不單純了，嘗試各種領域的小說，屬於這種複線型的推理作家不多，宮部美幸即是罕見的複線型全方位推理作家。她發表不同領域的處女作——推理小說和時代小說——同時獲得肯定，登龍推理文壇之後，此雙線成爲宮部美幸的創作主軸。

一九八九年，宮部美幸以《魔術的耳語》獲得第二屆日本推理懸疑小說大獎，拓寬了創作路線，由此確立推理作家的地位，並成爲暢銷作家。

宮部美幸作品的三大系統

這次宮部美幸授權獨步文化出版社，發行台灣版《宮部美幸作品集》二十七部（二十三部中有四部分爲上下兩冊），筆者以這二十三部爲主，按其類型分別簡介如下。

要完整歸類全方位作家宮部美幸的作品實非易事，然其作品主題是推理則毋庸置疑。筆者綜合故事的時空背景以及現實與非現實的題材，將它分爲三大系統。第一類爲推理小說，第二類時代小說，第三類奇幻小說，而每系統可再依其內容細分爲幾種系列。

一、推理小說系統的作品

宮部美幸的出道與新本格派崛起（一九八七年）是同一時期，早期作品除可能受此影響之外，文體、人物設定、作品架構等，可就是受到赤川次郎的影響了。所以她早期的推理小說大多屬於青春解謎的推理小說；許多短篇沒有陰險的殺人事件登場，大多是以日常生活中的家庭糾紛為主題，屬於日常之謎系列的推理小說不少。屬於本系列的有：

1.《鄰人的犯罪》（短篇集，一九九〇年一月出版）收錄處女作以及之後發表的青春推理短篇四篇。早期推理短篇的代表作。

2.《完美的藍——阿正事件簿之一》（長篇，一九八九年二月出版／獨步文化版，宮部美幸作品集01——以下只記集號）「元警犬系列」第一集。透過一隻退休警犬「阿正」的觀點，描述牠與現在的主人——蓮見偵探事務所調查員加代子——的辦案過程。故事是阿正和加代子找到離家出走的少年，在將少年帶回家的途中，目睹高中棒球明星球員（少年的哥哥）被潑汽油燒死的過程。在搜查過程中浮現的製藥公司的陰謀是什麼？「完美的藍」是藥品名。具社會派氣氛。

3.《阿正當家——阿正事件簿之二》（連作短篇集，一九九七年十一月出版／16）「元警犬系列」第二集。收錄〈動人心弦〉等五個短篇，在第五篇〈阿正的辯白〉裡，宮部美幸以事件委託人登場。

4.《這一夜，誰能安睡？》（長篇，一九九二年二月出版／06）「島崎俊彥系列」第一集。透過中學一年級生緒方雅男的觀點，記述與同學島崎俊彥一同調查一名股市投機商贈與雅男的母親五億圓後，接獲恐嚇電話、父親離家出走等事件的眞相，事件意外展開、溫馨收場。

5.《少年島崎不思議事件簿》（長篇，一九九五年五月出版／13）「島崎俊彥系列」第二集。在秋天的某個晚上，雅男和俊男兩人參加白河公園的蟲鳴會，主要是因爲雅男想看所喜歡的工藤小姐一眼，但是到了公園門口，卻碰到殺人事件，被害人是工藤的表姊，於是兩人開始調查眞相，發現事件背後的賣春組織。具社會派氣氛。

6.《無止境的殺人》（長篇，一九九二年九月出版／08）將錢包擬人化，由十個錢包輪流講自己所見的主人行爲而構成一部解謎的推理小說。人的最大欲望是金錢，作者功力非凡，藉由放錢的錢包揭開十個不同的人格，而構成解謎之作，是一部由連作構成的異色作品。

7.《繼父》（連作短篇集，一九九三年三月出版／09）「繼父系列」第一集。一個行竊失風的小偷，摔落至一對十三歲雙胞胎兄弟家裡，這對兄弟的父母失和，留下孩子各自離家出走，於是兄弟倆要求小偷當他們的爸爸，否則就報警，將他送進監獄，小偷不得已，承諾兄弟倆當繼父。不久，在這奇妙的家庭裡，發生七件奇妙的事件，他們全力以赴解決這七件案件。典型的幽默推理小說集。

8.《寂寞獵人》（連作短篇集，一九九三年十月出版／11）「田邊書店系列」第一集。以第三人稱多觀點記述在田邊舊書店周遭所發生的與書有關的謎團六篇。各篇主題迥異，有命案、有日常之謎、有異常心理、有懸疑。解謎者是田邊舊書店店主岩永幸吉和孫子稔。文體幽默輕鬆，但是收場不一定明朗，有的很嚴肅。

9.《誰？》（長篇，二〇〇三年十一月出版／30）「杉村三郎系列」第一集。今多企業集團會長今多嘉親之司機　田信夫被自行車撞死，信夫有兩個未出嫁的女兒，聰美與梨子。梨子向今多會長提議，要出版父親的傳記，以找出嫌犯。於是，今多要求在集團廣報室上班的女婿杉村三郎協助姊妹倆出書事務。聰美卻反對出書，杉村認爲兩姊妹不睦，藏有玄機，他深入調查，果然……

10.《無名毒》（長篇，二〇〇六年八月出版／31）「杉村三郎系列」第二集。今多企業集團廣報室臨時雇用的女職員原田泉與總編吵架，寄出一封黑函後，即告失蹤。原田的性格原來就稍有異常，今多會長要求杉村三郎調查眞相。杉村到處尋找原田的過程中，認識曾經調查過原田的私家偵探北見一郎，之後杉村在北見家裡遇到「隨機連環毒殺案」第四名犧牲者的孫女古屋美知香，於是捲入毒殺事件的漩渦中。杉村探案的特徵是，在今多會長叫他處理公務上的糾紛過程中，因其正義感使他去解決另外的事件。

以上十部可歸類爲解謎推理小說，而從文體和重要登場人物等來歸類則是屬於幽默推理、青春推理爲多。屬於這個系列的另有以下兩部。

11.《地下街之雨》（短篇集，一九九四年四月出版／66）。

12.《人質卡農》（短篇集，一九九六年一月出版）。

以下九部的題材、內容比較嚴肅，犯罪規模大，呈現作者的社會意識。有懸疑推理、有社會派推理、有報導文體的犯罪小說。

13.《魔術的耳語》（長篇，一九八九年十二月出版／02）獲第二屆日本推理懸疑小說大獎的社會派推理傑作。三起看似互不相干的年輕女性的死亡案件，和正在進行的第四起案件如何演變成連續殺人案。十六歲的少年日下守，爲了證實被逮捕的叔叔無罪，挑戰事件背後的魔術師的陰謀。宮部美幸早期代表作。

14.《Level 7》（長篇，一九九〇年九月出版／03）一對年輕男女在醒來之後失去記憶，手臂上被印上「Level 7」；一名高中女生在日記留下「到了 Level 7 會不會回不來」之後離奇失蹤。尋找自我的男女，和尋找失蹤女高中生的眞行寺悅子醫師相遇，一起追查 Level 7 的陰謀。兩個事件錯綜複雜，發展爲殺人事件。宮部後期的奇幻推理小說的先驅之作、早期代表作。

15.《獵捕史奈克》（長篇，一九九二年六月出版／07）持散彈槍闖入大飯店婚宴的年輕女子關沼惠子、欲利用惠子所持的槍犯案的中年男子織口邦雄、欲阻止邦雄陰謀的青年佐倉修治、欲去探望臥病妻子的優柔寡斷的神谷尙之、承辦本案的黑澤洋次刑警，這群各有不同目的的人相互交錯，故事向金澤之地收束。是一部上乘的懸疑推理小說。

16.《火車》（長篇，一九九二年七月出版）榮獲第六屆山本周五郎獎。停職中的刑警本間俊介受親戚栗坂和也之託，尋找失蹤的未婚妻關根彰子，在尋人的過程中，發現信用卡破產猶如地獄般的現實社會，是一部揭發社會黑暗的社會派推理傑作，宮部第二期的代表作。

17.《理由》（長篇，一九九八年六月出版）二〇〇一年榮獲第一百二十屆直木獎和第十七屆日本冒險小說協會大獎。東京荒川區的超高大樓的四十樓發生全家四人被殺害的事件。然而這被殺的四人並非此宅的住戶，而這四人也不是同一家族，沒有任何血緣關係。他們爲何僞裝成家人一起生活？他們到底是什麼人？又想做什麼？重重的謎團讓事件複雜化，事件的眞相是什麼？一部報導文學形式的社會派推理傑作。宮部第二期的代表作。

18.《模仿犯》（百萬字長篇，二〇〇一年四月出版）同時榮獲第五十五屆每日出版文化獎特別獎，二〇〇二年同時榮獲第五屆司馬遼太郎獎和二〇〇一年度藝術選獎文部科學大臣獎文學部門獎。在公園的垃圾堆裡，同時發現女性的右手腕與一名失蹤女性的皮包，不久凶手打電話到電視公司和失主家中，果然在凶手所指示的地點發現已經化爲白骨的女性屍體，是利用電視新聞的劇場型犯罪。不久，表面上連續殺人案一起終結，之後卻意外展開新局面。是一部揭發現代社會問題的犯罪小說，宮部文學截至目前爲止的最高傑作，推理文學史上的不朽名著。

19.《R・P・G》（長篇，二〇〇一年八月出版／22）在食品公司上班的所田良介於杉並區的建築工地被刺死，在他的屍體上找到三天前在澀谷區被絞殺的大學女生今井直子身上所發現的同樣纖維，於是兩個轄區的警察組成共同搜查總部，而曾經在《模仿犯》登場的武上悅郎則與在《十字火焰》登場的石津知佳子連袂登場。是一部現今在網路上流行的虛擬家族遊戲爲主題的社會派推理小說。

宮部美幸的社會派推理作品尚有：

20.《東京下町殺人暮色》（原題《東京殺人暮色》，長篇，一九九〇年四月出版）。

21.《不需要回答》（短篇集，一九九一年十月出版／37）。

二、時代小說系統的作品

時代小說是與現代小說和推理小說鼎足而立的三大大眾文學。凡是以明治維新之前爲時代背景的小說，總稱爲時代小說或歷史・時代小說。

時代小說視其題材、登場人物、主題等再細分爲市井、人情、股旅（以浪子的流浪爲主題）、劍豪、歷史（以歷史上的實際人物爲主題）、忍法（以特殊工夫的武鬥爲主題）、捕物等小說。

捕物小說又稱捕物帳、捕物帖、捕者帳等，近年推理小說的範疇不斷擴大，將捕物小說稱爲時代推理小說，歸爲推理小說的子領域之一。捕物小說的創作形式是日本獨有，其起源比日本推理小說早六年。一九一七年，岡本綺堂（劇作家、劇評家、小說家）發表《半七捕物帳》的首篇作〈阿文的魂魄〉，是公認的捕物小說原點。

據作者回憶，執筆《半七捕物帳》的動機是要塑造日本的福爾摩斯——半七，同時欲將故事背景的江戶的人情和風物以小說形式留給後世。之後，很多作家模仿《半七捕物帳》的形式，創作了很多捕物小說。

由此可知，捕物小說與推理小說的不同之處是以江戶的人情、風物爲經，謎團、推理爲緯而構成的小說。因此，捕物小說分爲以人情、風物爲主，與謎團、推理取勝的兩個系統。前者的代表作是野村胡堂的《錢形平次捕物帳》，後者即以《半七捕物帳》爲代表。

宮部美幸的時代小說有十一部，大多屬於以人情、風物取勝的捕物小說。

22.《本所深川不可思議草紙》（連作短篇集，一九九一年四月出版／05）「茂七系列」第一集。榮獲第十三屆吉川英治文學新人獎。江戶的平民住宅區本所深川，有七件不可思議的事象，作者以此七事象爲題材，結合犯罪，構成七篇捕物小說。破案的是回向院捕吏茂七，但是他不是主角，每篇另有主角，大多是未滿二十歲的少女。以人情、風物取勝的時代推理佳作。

23.《幻色江戶曆》（連作短篇集，一九九四年八月出版／12）以江戶十二個月的風物詩爲題，結合犯罪、怪異構成十二篇故事。以人情、風物取勝的時代推理小說。

24.《最初物語》（連作短篇集，一九九五年七月出版，二〇〇一年六月出版珍藏版，增補一篇作品／21）「茂七系列」第二集。以茂七爲主角，記述七篇茂七與部下系吉和權三辦案的經過，作者在每篇另有記述與故事沒有直接關係的季節食物掌故，介紹江戶風物詩。人情、風物、謎團、推理並重的時代推理小說。

25.《顫動岩——通靈阿初捕物帳1》（長篇，一九九三年九月出版／10）「阿初系列」第一集。破案的主角是一名具有通靈能力的十六歲少女阿初，她看得見普通人看不見的東西，而且一般人聽不到的聲音也聽得到。某日，深川發生死人附身事件，幾乎與此同時，武士住宅裡的岩石開始顫動。這兩件靈異事件是否有關聯？背後有什麼陰謀？一部以怪異取勝的時代推理小說。

26.《天狗風——通靈阿初捕物帳2》（長篇，一九九七年十一月出版／15）「阿初系列」第二集。天亮颳起大風時，少女一個一個地消失，十七歲的阿初在追查少女連續失蹤案的過程中遇到邪惡的天狗。天狗的真相是什麼？其陰謀是什麼？也是以怪異取勝的時代推理小說。

27.《糊塗蟲》（長篇，二〇〇〇年四月出版／19．20）「糊塗蟲系列」第一集。深川北町的鐵瓶大雜院發生殺人事件後，住民相繼失蹤，是連續殺人案？抑或另有陰謀？負責辦案的是怕麻煩的小官井筒平四郎，協助他破案的是聰明的美少年弓之助。本故事架構很特別，作者先在冒頭分別記述五則故事，然後以一篇長篇與之結合，構成完整的長篇小說。以人情、推理並重的時代推理傑作。

28.《終日》（長篇，二〇〇五年一月出版／26．27）「糊塗蟲系列」第二集。故事架構與第一集一樣，在冒頭先記述四則故事，然後與長篇結合。負責辦案的是糊塗蟲井筒平四郎，協助破案的除了弓之助之外，回向院茂七的部下政五郎也登場，作者企圖把本系列複雜化，或許將來作者會將幾個系列納為一大系列。也是人情、推理並重的時代推理小說。

以上三系列都是屬於時代推理小說。案發地點都在深川，但是每系列各具特色，有以風情詩取勝，也有以人際關係取勝，也有怪異現象取勝，作者實為用心良苦。宮部美幸另有四部不同風格的時代小說。

29.《扮鬼臉》（長篇，二〇〇二年三月出版／23）深川的料理店「舟屋」主人的獨生女阿鈴發燒病倒，某日一個小女孩來到其病榻旁，對她扮鬼臉，之後在阿鈴的病榻旁連續發生可怕又可笑的不可思議的事，於是阿鈴與他人看不見的靈異交流。一部令人感動的時代奇幻小說佳作。

30.《怪》（奇幻短篇集，二〇〇〇年七月出版）。

31.《鎌鼬》（人情短篇集，一九九二年一月出版）。

32.《忍耐箱》（人情短篇集，一九九六年十一月出版／41）。

33.《孤宿之人》（長篇，二〇〇五年出版／28．29）。

三、奇幻小說系統的作品

史蒂芬．金的恐怖小說和奇幻小說《哈利波特》成為世界暢銷書後，原處於日本大眾文學邊緣的奇幻小說獲得成長發展的機會，漸漸確立其獨立地位，而宮部美幸的奇幻小說就在這欣欣向榮的機運中誕生。她的奇幻作品特徵是超越領域與推理小說結合。

34.《龍眠》（長篇，一九九一年二月出版／04）榮獲第四十五屆日本推理作家協會獎的長篇獎。週刊記者高坂昭吾在颱風夜駕車回東京的途中遇到十五歲的少年稻村愼司，少年告訴記者「我擁有超能力。」他能夠透視他人心理，愼司爲了證明自己的超能力，談起幾個鐘頭前發生的事件眞相，從此兩人被捲入陰謀。是一部以超能力爲題材的奇幻推理傑作，宮部早期代表作。

35.《十字火焰》（長篇，一九九八年十一月出版／17．18）青木淳子具有「念力放火」的超能力。有一天她撞見了四名年輕人欲殺害人，淳子手腕交叉從掌中噴出火焰殺害了其中的三個人，另一個逃走了。勘查現場的石津知佳子刑警，發現焚燒屍體的情況與去年的燒殺案十分類似。也是一部以超能力爲題材的奇幻推理大作。

36.《蒲生邸事件》（長篇，一九九六年十月出版／14）榮獲第十八屆日本ＳＦ大獎。尾崎高史爲了應考升學補習班上京，其投宿的飯店發生火災，因而被一名具有「時間旅行」的超能力者平田次郎搭救到一九三六年二月二十六日的二．二六事件（近衛軍叛亂事件）現場，兩名來自未來的訪客能否阻止起義而改變歷史？也是一部以超能力爲題材的奇幻推理大作。

37.《勇者物語—Brave Story》（八十萬字長篇，二〇〇三年三月出版／24．25）念小學五年級的三谷亘的父母不和，正在鬧離婚，有一天他幻聽到少女的聲音，決心改變不幸的雙親命運，打開幽靈大廈的門，進入「幻界」到「命運之塔」。全書是記述三谷亘的冒險歷程。一部異界冒險小說大作。

除了以上四部大作之外，屬於奇幻小說的作品尚有以下四部：

38.《鳩笛草》（中篇集，一九九五年九月出版）。

39.《僞夢1》（中篇集，二〇〇一年十一月出版）。

40.《僞夢2》（中篇集，二〇〇三年三月出版）。

41.《ＩＣＯ——霧之城》（長篇，二〇〇四年六月出版）。

以上三十九部是小說。另有四部非小說類從略。

如此將宮部美幸自一九八六年出道以來，一直到二〇〇五年底所出版的作品，歸類爲三系統後，再按時序排列，便很容易看出作者二十年來的創作軌跡，也可預見今後的創作方向。請讀者欣賞現代，期待未來。

二〇〇七・十二・十二

本文作者簡介

傅博

文藝評論家。另有筆名島崎博、黃淮。一九三三年出生，台南市人。於早稻田大學研究所專攻金融經濟。在日二十五年以島崎博之名撰寫作家書誌、文化時評等。曾任推理雜誌《幻影城》總編輯。一九七九年底回台定居。主編「日本十大推理名著全集」、「日本推理名著大展」、「日本名探推理系列」以及「日本文學選集」（合計四十冊，希代出版）。

雪少女

並非受到感傷驅使，也不是出於某種懷念，更不是因爲腦中浮現了幾張想見的面孔。只是什麼活動都沒有的週末太難熬，這樣的生活長久以來已過得太厭倦，所以哪裡都好，只要能出門就好，參加什麼聚會都行。我只是這麼想罷了。

電話答錄機裡的留言，除了是從一個非常吵雜的地方打來之外，對方的聲音還聒噪得不輸背景雜音，所以聽得不甚清楚。即使如此，我還是在對方自報姓名之前就聽出那是阿靖——山埜靖。那種急躁的說話方式，和小時候完全沒兩樣。

「呃……請問這是前田由香里小姐家嗎？電話號碼沒錯吧？這號碼是眞子跟我說的，啊、就是宇部眞子啦。那傢伙現在可是知名的『眞子老師』呢，不知道在幹麼就是了。」

留言背後穿插著人群笑聲與歡呼聲，聽來像是喝酒的場合。

「眞子應該也會來問妳，總之就是啊，眞邊小學不知道是要被併校還是廢校了，想說趁校舍拆除前，我們四個不知在什麼因果關係下同班了六年的夥伴聚一聚，喝個兩杯如何啊？可以來我的店。」

講到**我的店**時，他還不忘加強語氣。這麼聽來，這通嘈雜的電話就是從「我的店」打來的吧。我隱約想起，阿靖家是開蕎麥麵店的。

「詳情眞子應該會再打電話跟妳說，到時再麻煩嘍！好久不見，很期待見到妳，那就先這樣！」

留言到此結束，接著是機械合成的聲音：

「一通、留言、一月八日、晚上、九點二十分。」

房裡冷到不行。我看了一眼牆上的室溫計，顯示爲攝氏四度。才剛加班回到家，看到答錄機燈號閃爍，我連大衣都還沒脫，也來不及開暖氣，就先播放了留言——在這個寒冬裡的星期五。

「留言播放完畢。」

嗶一聲之後，四下再次恢復寧靜。答錄機裡只有一通來自阿靖的留言。

約莫一小時後，電話鈴響。這次是眞子打來的。

「啊、太好了，妳回來了。」她這麼說著，聲音一如往常開朗。「我從傍晚開始打了好多次，妳都不在家。畢竟今天星期五嘛。」

「我在加班啦。」

我跟她說了阿靖九點多打來那通電話的事。

「抱歉，擅自把妳的電話號碼給他。因爲那傢伙一直問。」

「沒關係，反正是之後就要停用的號碼。」

只要有手機就夠了。再說，市話基本費付下來也不少。老家的父母耳朵都不好，討厭用收訊不良的手機，只好繼續保留這個家用市話。所以就算平時答錄機顯示留言的燈號不閃，我也不會放在心上。眞的有事要找我的人，大家都會打手機。大家都是這樣的。

「小前，妳覺得呢？妳不想去四個人的聚會嗎？」

眞子和小時候一樣叫我「小前」。每次她這麼喊我，我都會想斷斷續續做了這麼多年的朋友，竟連一次讓她換個方式稱呼我的機會都沒有。我至今仍與父母同姓。既不像眞子那樣變成「老師」，也沒有成爲人母。沒有當上哪家公司的主管，連屬於自己的名片和工作場所都沒有。

我的店，阿靖說這話時自豪的語氣縈繞耳邊。來我的店喝兩杯吧？那個連乘法和除法都學不會，九九乘法表考四次才背起來的阿靖的「我的店」。

一直沒聽到我回應，眞子又喊了好幾聲。回過神時，我已脫口而出自己連想都沒想過的話：

「其實不是四個人吧，是五個。還有雪子啊。」

我被自己說的話嚇到。不過，眞子似乎沒聽出我的驚嚇。她用感慨的聲音輕輕地說：

「是啊……我們的小圈圈原本有五個人呢。小前也想起雪子了嗎，其實我也是。下個月一號正好滿二十年了。從雪子那樣——遇到那種事之後。」

被殺了之後。我在心底反芻眞子含混帶過，沒說出口的事實。從雪子遭人勒死，屍體丟在路邊那天至今，正好滿二十年。我們已經三十二歲了，橋田雪子依然只有十二歲。

這麼說來，我一次也沒去雪子墓前上過香，連她葬在哪裡都不知道。案件發生幾個月後，警方的調查始終沒有進展。看到雪子的同學紛紛穿上國中制服，她的父母似乎感到非常痛苦，帶著獨生女的遺照搬走了。沒有人問他們搬去哪裡。老實說，他們從生活圈中消失反而讓大家鬆了一口氣。至少，當時我媽就露骨地說了這種話：

——要是買東西時碰巧遇到橋田太太，都不知道要用什麼表情面對她才好，很傷腦筋呢。只能故意從轉角繞路躲開。他們搬走了也好，這下就不用再顧慮那麼多了。

比起殺死雪子的兇手逍遙法外的不安，被迫一天到晚看到那對失去女兒的悲傷夫妻，似乎讓人更介意。母親讓我知道，這才是第三者內心眞正的想法。

——雪子是我重要的朋友，妳怎麼可以說那種話，太過分了！

我不是會跟母親起這種衝突的小孩。在沒有外人的家裡頂撞母親，是要表演給誰看，太蠢了。我就是這麼有心機的小孩。

所以我才會是模範生。

「日期就定在下星期五，妳能來嗎？月底月初銀行是不要忙結算之類的工作？」

眞子這麼問。我說沒問題的，我可以去。

「眞的嗎，太好了！要是小前不來，我也不想去了。杉次就算了，阿靖那傢伙還是一樣粗魯。」

杉次——杉山次郎的綽號。他是我們五人小圈圈裡的另一個男生。和雪子住同一棟國宅的男生，和她交情最好的男生。

眼裡幾乎從來沒有我的男生。

「杉山同學也會來嗎，好懷念啊。」

陳年記憶鮮明復甦，我裝作若無其事的樣子問：

「他現在在做什麼？我只跟眞子保持聯絡，其他人的事我都不清楚。」

「因爲小前國中畢業就搬家了啊。杉次過得不錯，他爸媽還住在以前那棟國宅，所以他偶爾還會過來。我在路上遇過他。」

「他是帶孫子回去給爺爺奶奶看的吧？」

「什麼孫子——喔、你說杉次的小孩？我不是很清楚原因，不過那傢伙好像離婚了。應該沒小孩吧。」

內心泛起一圈小小的漣漪，覺得自己眞沒用。明明是國中畢業後就連一次也沒見過的人。

「已經有小孩的是阿靖，一個兒子一個女兒。現在的他可是個好爸爸喔。」眞子嘻嘻一笑，「這次那傢伙會提議聚會，大概也是想炫耀一下自己的店、太太和兩個可愛小孩吧。」

向眞子問了阿靖店的地址，確認約定聚會的時間。眞子笑著說，鎭上變了很多，小前來時可能會迷路喔。接著，她又用孩子氣的語氣說：

「說不定會下雪呢。要是下了，那一定是雪子的雪。妳還記得嗎？因爲她皮膚眞的好白，還被老師說是雪童子（註）雪子呢。」

「對啊。」我一邊這麼答腔，一邊思考。雪子的雪。是啊，眞子說的沒錯。不過，讓我聯想到雪的，並不是雪子白皙的臉龐。而是因爲二十年前那天，雪子的遺體被發現埋在前日大雪積成的雪堆下。爲什麼眞子想到的不是這個，她不在意這件事嗎？當我還在想這些時，眞子簡單寒暄兩句，就把電話掛了。

當天眞的下了雪。

早上下的還只是冷雨，一過中午變成大片雪花，最後終於正式下起細細的粉雪。氣象預報東京可能出現睽違數年的十到十五公分積雪。氣象播報員發出「請通勤通學觀眾注意最新交通情報，走路時留意地面狀況」的忠告時，電視台開放式攝影棚的玻璃窗外正好駛過一輛救護車。

我穿了雨鞋，不用怕天雪路滑，即使如此還是提不起勁。雪子的雪。令我想起討厭的事。眞子一點都沒變，和小時候一模一樣。擁有抒情的想像力，卻又完全相反地少根筋。

朝車站走去，同時盤算著是否直接回家算了。之後再找個藉口打去阿靖店裡說一下就好——這個主意誘惑著我。度過孩提時代的那個城鎮和我現在小小的落腳處正好位於都心兩端，搭的電車也完全反方向。

站在地下鐵月台上，先到站的是往阿靖家那個方向的電車。能帶我回家的電車則在我下來之前剛開走。

結果，我搭上了進站的這班電車。

從我還住在那個城鎮時尚未存在的地鐵站下車，原以爲將令人懷念不已的街景竟然一點印象也沒有。我四處張望想找計程車，卻一輛都沒經過。沒辦法，只好按照眞子給的地址，依靠微薄記憶往前走。又細又冷的雪不斷飄降，就算沒有下雪，記憶中的方向感也已不可靠。只能慶幸至少沒有刮風，即使如此，還是得不時停下來抖落雨傘與大衣肩膀上的雪花，雙手放在嘴邊呵氣取暖。

走著走著，邊框鏽成紅色的工廠招牌、貨運公司停車場與國宅社區等熟悉的景色映入眼

註：雪童子是日本傳說中有著兒童外表的雪精靈。

簾，我才發現自己似乎走錯路了。我錯過通往阿靖的店那條路，來到更靠西側的下一條路了。此外，看到已經歪一邊，被雪覆蓋的學校標誌時，我立刻知道自己爲什麼會搞錯路。

這條路是以前上學走的路，通往眞邊小學的路。那六年天天走這條路去上學，難怪現在腳步不由自主受這條路吸引。

發現雪子遺體的地方，也在這條通學路上某處。

計程車表檢驗所那棟高大建築後方，積雪深達一個大人的身高。那天，爲了不讓積雪妨礙通行，檢驗所職員只是想去鏟雪而已。不是鎮上居民的他，既不知道就讀眞邊小學六年級的女孩橋田雪子前一天傍晚沒回家，也不知道她的父母已經通報失蹤協尋，更不知道鎮上互助會的人們組織了協尋隊，正在四處尋找她的下落。那個職員只是想去鏟雪而已。結果，他在雪堆下看見身穿紅色連帽衫，圍著紅圍巾，腳上穿紅色長筒雨靴的少女，仰躺在書包旁邊。

——他說一開始還以爲那是個娃娃。

母親把聽來的傳聞告訴我。

——好大的娃娃，一雙大眼睛，白皙的皮膚和紅色的連帽衫很搭。

警察搬走遺體後，才查明她是被人用圍巾勒死的。聽說因爲勒住脖子的力道太大，紅色的格子圍巾就這麼嵌進她脖子裡結凍了。

聽著雪下在臉上的沙沙聲，我專注走著。就算肩膀撞到擦身而過的人，或是雪從雨傘上掉下來，我也不抬起眼睛。不斷落下的雪，覆蓋了雨鞋前端。有些地方的積雪甚至蓋過腳踝。今晚雪會下得更大。積得更深。直到在那個地方積出雪堆爲止。因爲，這是雪子的雪。

計程車表檢驗所的外牆是朦朧的灰色。牆上有好幾處**裂縫**，表面也浮現污漬。一點都沒變，二十年前這棟大樓和現在一樣舊。年齡增長的只有我，牆壁壓根沒變老。

那時，這棟建築後方有片稱不上庭院或空地的狹小草皮，四季綻放不同種類的花，有時還能在那裡抓到雨蛙。對我們來說，沒有比那更好的祕密基地遊戲場。要去那裡，得先鑽過檢驗所大樓與隔壁四層樓公寓之間的窄縫。對小孩子來說，這不是什麼難事。春暖花開時節，一鑽過潮濕的建築縫隙，眼前就是開滿蒲公英與油菜花的草地，我們也很享受那種彷彿來到另一個世界的樂趣。

我在這裡和眞子玩，和雪子玩。我們用油菜花做裝飾時，阿靖跑來了，說那些花可以吃，一口氣摘掉許多，害我們和他大吵一架。我們也常在這裡讀書。一邊注意不弄髒裙子，坐在綠草如茵的地上，拿一本書輪流朗讀。雪子在學校成績不太好，但很擅長朗讀，就連艱澀的漢字也能流暢讀出來。至於眞子，她連唸**平假名**都會卡住。聽她朗讀很好笑，不管內容是什麼都會笑出來。要是我們太大聲吵鬧，在車表檢驗所工作的大叔就會從二樓窗口破口大罵。只有一個喜歡小孩的警衛總會說「乖乖在那玩就沒關係」，放我們一馬。有時還拿用紙包住的糖果和橘子給我們吃。

——要在天黑前回家喔。這裡五點就關門了，那之前就得回去嘍。

警衛先生老是把這句話掛在嘴上。

只有一次，我們讓他氣得面紅耳赤。那是五年級的夏天，杉次賭氣說他一定可以抓著大樓牆上的藤蔓爬到二樓，還眞的爬到二樓的窗框下，就在這時被警衛先生發現了。

——你們的身體不是你們的身體。在你們長大成人之前，身體是屬於你們父母的，不能擅自胡作非爲，弄傷身體。知道嗎？

我們哭喪著臉垂下頭。杉次臉色蒼白，阿靖噘著嘴巴，眞子拉扯自己的辮子，雪子向警衛先生道歉說不會再有下次了，一定會好好珍惜受之父母的身體髮膚。

然而，說這句話的雪子偏偏死在這個地方。

「小前！」

聽見聲音，我猛地抬起頭。因爲陷入回憶而模糊的視線再度聚焦。

我站在一扇冰冷的單片鐵門前。計程車表檢驗所本身雖然沒有改變，隔壁的公寓倒是改建了。以前通往後方草地的那條縫隙前多了這扇鐵門。

「小前，妳也繞過來了啊？」

口中吐出白煙，腳下發出沙沙踏雪聲，眞子朝我跑來。她穿著高級絨毛大衣，戴著看起來很溫暖的手織毛帽。長髮編成一條辮子，垂在其中一邊肩上。髮上沾滿小小的雪花，看上去就像髮飾。

「這扇門什麼時候裝上去的？」

我用指尖拂去門上鐵欄杆之間的積雪，這麼問。

「妳忘記了嗎？那起案件後馬上就裝了。為了不讓小孩再跑進去。」眞子說著，一副承受不住寒冷的樣子眨了眨眼，朝建築縫隙的另一端望去，「也爲了防止專挑小孩下手的變態進去。」

「我不知道這件事。」

「案件後妳一直迴避經過這裡啊。不過，聽說這扇門常被破壞，已經修過好幾次了。眞不知道爲什麼。」

一句話湧上喉頭。

——因爲裝了這扇門，雪子的鬼魂就被關在裡面了，她討厭這樣吧。

「小前，妳看起來好像很冷。我們走吧。」

眞子從我背後輕輕推了一把。我向前走，走了兩、三步又回頭，傘上的雪掉下來。我看著那扇鐵門，門閂好好地拉了下來。

「怎麼了？」

眞子的疑問隨著呼出的白煙一起消失在空中。我只是微微一笑，率先往前走。

阿靖說他二十二歲那年繼承了父母的蕎麥麵店，立刻改裝店面，白天賣套餐，晚上經營居酒屋。

「起初我老爸他們大力反對，但改裝一年多後地下鐵通車，這附近多了不少公司和大樓，店裡生意愈來愈好。要是像以前一樣繼續賣蕎麥麵，大概贏不了連鎖立食蕎麥麵店吧。現在這樣，以結果來說算是押對寶了。」

阿靖心情很好。或許因爲天氣的關係，今天店內客人不多。偶有住附近的常客進來，也只是閒聊一會兒下雪的事就走了。拜此之賜，我們這桌簡直像包場。

店裡有一條八人吧檯座，榻榻米上則有三張四人桌。小小的店面飄著一股溫暖美味的味道。酒櫃上擺著各種當地名酒，其中不乏其他地方沒聽過的罕見廠牌。

阿靖的妻子和我們一樣是眞邊小學畢業生，聽說小我們兩歲。她用開朗的聲音笑著說自己曾是讓當地警察頭痛的不良少女，老家開魚店，殺魚剖魚的技術比阿靖還厲害，炸東西和煮東西就不如阿靖了，好像和一般夫妻相反呢。

眾人暢談起回憶，一開始就火力全開。

我和眞子並肩坐在靠邊的位子，杉次坐我們對面，掛在鼻梁上的無框眼鏡不時往下滑，聽阿靖炫耀或眞子開玩笑時，他會露出與以前一樣的笑容。阿靖在結帳櫃台與餐桌間忙來忙去，一下高談闊論，一下叫我們吃這個喝那個，一下說「這道菜我特別推薦」，一下移動桌上的盤子或端來酒杯，一刻也不得閒。自豪的臉上紅光滿面，看起來很幸福。

吃到八點左右，阿靖的太太先回住處，不久又帶了兩個小孩回來。

「兒子叫阿守，女兒叫美香。」

兩個孩子笑得害羞，阿靖把手放在他們頭上，督促他們敬禮。阿守小學一年級，美香幼稚園大班。

「他們原本已經刷好牙準備睡覺了，睡前吵著無論如何都要來請眞子老師簽名，拜託了。你們兩個，還不趕快打招呼。」

兩個孩子被母親推上前，還是有點扭捏。眞子主動靠近他們。

「你們好啊，阿守小弟，美香小妹，兩個人都看了我的漫畫，是嗎?好開心喔，謝謝喔！」

從地方上的商業高中畢業後，眞子馬上就職，直到原本當興趣畫的漫畫受到認同才離職。現在的她，已經在這條路上獨當一面了。她畫的漫畫主要以兒童爲對象，作品中塑造了許多有趣的動物角色，可愛造型博得許多小讀者歡迎，還推出各種衍生商品。小讀者暱稱她「眞子老師」。這就是現在的她，這就是眞子現在的人生。各位小朋友，寫信鼓勵眞子老師吧。眞子老師，下次的連載內容裡，愛吃鬼小鼴鼠帕克隆會出場嗎？眞子老師最喜歡自己筆下哪個角色呢？這是眞子老師送給各位小朋友的聖誕禮物喔，有可愛角色與老師親筆簽名的簽名板。

阿靖的孩子拜託眞子畫了他們喜歡的角色，還和眞子握手，高興得雙眼閃閃發光。雖然在父母命令下道晚安回家去了，一時之間一定興奮得睡不著吧。

「眞子，妳好幸福。」

只在阿靖說話時答腔，幾乎沒開口提及自己的事的杉次，這時微笑著對眞子這麼說。那充滿感慨與崇拜的溫柔口吻，有如冰冷的劍刺入我心中。

「妳從小就開始畫漫畫了嗎？我一點也不記得。」

阿靖也在桌邊坐了下來。孩子都睡了，今晚大概不會再有客人上門，他終於可以正式開喝了吧。

「眞的畫到不可自拔，是上高中之後的事了。我算是大器晚成，高中加入漫畫社才開始認眞畫漫畫。」

「這表示妳很有才華啊。」

「不知道呢，或許只是運氣好而已。」眞子一杯接一杯喝著當地名酒，已經微醺了，「我和阿靖一樣，都是開一間店做生意。」

「嘖、妳還眞敢說。我們店裡的營業額可比不上妳的年收入。」

這種聚會無可避免的，就是彼此的近況報告。我在銀行工作的事，杉次和阿靖似乎都知道，大概是聽眞子說的吧。阿靖還說，如果我調到附近分行，就要我看在童年玩伴分上多多關照。

「我負責的不是融資業務，不能隨便答應你這種事啦。」

「什麼嘛，眞沒意思。那妳快找個融資課的大頭當老公，這樣事情就簡單多了。」

「別擅自出那種主意。」

「杉次呢？聽說你辭掉工作了？」

杉次讀的是關西的大學，畢業後直接在當地就職。他說自己辭去那邊的工作回到東京，現在東京某電腦軟體開發公司工作。

「順便問一下，爲什麼離婚啊？」阿靖喝得相當醉，「你太太很漂亮，不是嗎？」

「對啊，虧我們參加婚禮時包了那麼多錢。」

杉次露出坦然的笑容，「阿靖結婚時我先包給你了，所以我們算是兩不相欠。至於眞子嘛，等妳結婚一定好好包還妳，在那之前就先賒著嘍。」

我並未受邀參加杉次的婚禮，也不知道他邀請了眞子和阿靖。分開來看沒有意義的兩件事，合起來看就產生了意義。我默默盯著杉次，他則刻意不看我。

「離婚的原因，應該就是所謂個性不合吧。」杉次說著，用手帕擦拭眼鏡，「沒有誰對誰錯的問題，很和平地分手了。」

「你們當初是公司同事，也算社內結婚嘍？」

「婚禮上還請上司當介紹人呢，真不妙。」

「反正我原本就打算辭職，讓老婆留在公司也好。她差不多兩年後再婚，現在也有小孩了。」

「是喔，你們現在還有往來啊？」

「過年會互相寄賀年卡。她好像過得還不錯。」

杉次總是這樣。比起自己，他更爲朋友或夥伴著想。爲自己的事生氣，不顧一切堅持己見的他，我只看過一次，就是在計程車表檢驗所後方，堅持自己能爬藤蔓上樓那次。

「這麼說來，目前有小孩的人只有我嘍？」阿靖這麼說，「因爲難以啓齒，有件事至今一直沒說——」

「你是不是想說雪子的事？」眞子搶先問了。

「嗯。妳也想起來了？」

「當然啊。我還曾在漫畫裡創作了以雪子爲原型的角色呢。」

「這樣啊。」

「今天這場雪，我也不認爲是巧合。我們聚集在這裡，雪子的靈魂一定也來了吧。我和小前在過來之前，都先繞去了計程車表檢驗所喔。」

杉次什麼都沒說，只是拿下眼鏡，掛在胸前口袋上。小時候他沒有戴眼鏡，是因爲雪子只認識沒戴眼鏡的杉次，所以一提到雪子，他就要把眼鏡拿下來吧。

「我有了自己的孩子之後，經常想起雪子。」阿靖這麼說，莫名正襟危坐，「不只她，想到雪子爸爸和媽媽的心情，我就覺得很難受……」

「兇手，最後還是沒抓到呢。」

「二十年了吧？早就過追溯時效了。想到殺死雪子那傢伙還大搖大擺走在路上，有時眞的會很生氣。」

杉次無言地在阿靖的空酒杯裡倒酒，阿靖仰頭一口喝乾。

「要是還活著，雪子不知道會長成怎樣的大人。」眞子以溫柔的語氣這麼說，「會是個好媽媽，還是能幹的女強人呢？」

「那傢伙讀書很不行啊。」阿靖笑了，「我們每次都互相看對方的聯絡簿，成績有得比喔。」

眾人靜靜地笑了起來。阿靖滿臉通紅，杉次目光低垂。

哄孩子睡著後，阿靖的太太從家裡回到店內。掀起吧檯邊的板子，正要走進廚房時，發出狐疑的聲音。

「怎麼了？找我們有事嗎？」

聽她這麼一說，所有人一齊朝店門口的方向望去。木格嵌上透明玻璃的拉門被人打開二十公分左右。雪從空隙飄進來，地板白了一塊。

「這個時間，怎麼會有小朋友上門。」阿靖的太太再度掀起吧檯邊的板子走出來。

「穿紅色長筒雨靴的——」

阿靖走下座位。眞子摩挲自己的手臂小聲問，「紅色長筒雨靴？」

阿靖打開門，往外面探身查看。發著抖說，「唔唔，好冷。」

「沒有半個人啊——」

話沒說完，阿靖受到驚嚇似地挺直背脊，往後退了半步。眞子保持跪坐姿勢，往前移動了些。

「這是——什麼啊？」

阿靖發出低沉的聲音，像看門狗察覺異常時的低吠。

阿靖的太太、眞子和杉次衝到阿靖身邊。我跪坐在座位區的榻榻米邊緣，直起上半身，從背後看著他們。

「這是腳印！」阿靖的太太說。

「你們看，腳印一直延續到我們店門口！」

一個呼吸後，眞子的聲音微微顫抖，「是小孩子的腳印。穿雨靴的小孩腳印。」

瞬間，大家都懂了。儘管無論誰說出口都一樣，像是非由自己開口不可似的，阿靖激動地說：

「雪子來過了。這是雪子的腳印啊。那傢伙來過了，她來過了！」

大家都到外面去了。雖然慌張，但也不忘小心翼翼避開雪上的腳印。

我慢慢穿上鞋子，跟在四人身後往外走。走到門口時低頭一看，吹進店內的雪，在地上拉出一道白線。我朝門檻外投以一瞥。

在我眼中，根本沒看到任何穿長筒雨靴的小孩腳印。我看到的，只有大家的、大人的鞋底踏出的印子。那個大家小心避開的地方，只有一片乾淨的白雪。

我走出店外。黑夜盈滿整個城鎮，連最深層的地方都是黑夜。只有下個不停的雪，在那個夜裡像唯一活著的生物四處蠢動、發光、燦然生輝。

「雪子！」眞子這麼喊，「是啊，就是雪子！你們看，那件紅色連帽衫！」

四人陸續沿著長筒雨靴的腳印往前跑，跑到下一個轉角處時，阿靖抓住妻子的肩膀搖晃說道：

「妳看到了吧？妳也看到了吧？對不對？對不對？那就是雪子！」

阿靖的太太攀著他的手臂，用全身的力氣點頭。眞子率先往前跑，跑在最後面的杉次站在轉角處街燈下，回頭迎向慢慢靠近的我。

「我也看見了。是雪子。剛才一閃而過，妳也看到了吧？穿紅色連帽衫的小女孩，和雪子那天一模一樣的打扮。」

他的聲音平板單調，但聽起來有那麼一點溫柔。

「從積滿雪的那個地方過來的。要是雪子來過，肯定是從那裡來的。只要趁腳印還在時追上去，說不定能見到她。」

我默不吭聲。往地上看，還是什麼都沒看見。什麼穿長筒雨靴的小腳印，不管哪裡都沒看到。

「杉次也看得到腳印嗎？」我問。

代替回答的，是他嘴裡呼出的白煙。杉次朝另外三個人跑走的相反方向看，所以我只看得到他的側臉。接著，他用平板的語調說：

「雪子的父母曾經找靈媒商量。」

我拍掉飄到臉上的雪。

「案件發生十年後，連警方都不再調查，大概是放棄了吧。他們花錢請來靈媒，帶對方去案發現場，想把女兒的靈魂叫出來，好告訴他們兇手是誰。他們說，要問她『是誰殺了妳的』。」

他繼續又說，「這是我老媽告訴我的。我們兩家人很熟，老媽大概很擔心吧。不知道那個靈媒什麼來路，於是我就回來這裡，陪他們一起去。」

杉次說到這裡，雙手環抱胸前。

「雪子的靈魂出現了嗎？」我問。

「沒有出現。」杉次說。

「雪子爸爸和雪子媽媽很憔悴，打從雪子死後，他們可能連一次都沒笑過。靈媒失敗了，他們兩人相當失望。『不管怎樣，只要我們死了，在另一個世界就能見到雪子了』，留下這句話，他們就回去了。」

杉次的頭髮和肩膀一片雪白。現在的他，和那天倒在雪地上的雪子一模一樣。滿身是雪。

「我很不忍心——他們實在太可憐了，我差點說出殺了雪子的人是我。說我們吵了一架，我拉住她的圍巾。說我沒想過事情會變成那樣。我想道歉，如果這樣能讓叔叔阿姨心情好一點的話，我願意這麼說。」

但是，最後我還是沒說出口。杉次搖搖頭。他那下巴堅毅的線條，我記得曾經在哪裡看過。

對了，當時的他也露出這樣的表情。說要爬藤蔓上樓的他。宣稱自己一定能爬到二樓的他，貼在牆上時就露出了這樣的表情。

我朝另外三人跑掉的方向看，依然沒看見小孩的腳印。就連他們三人的腳印都開始變淡。

「眞的是杉次殺的嗎？」我這麼問。這時，他終於正視我的眼睛回答道：

「不是我殺的。」

僅僅一秒或兩秒，我們面對面站著。然後杉次就轉身背對我，往三人跑掉的方向走去了。留我一個人站在街燈下。

二十年是一段漫長的歲月，杉次爲什麼等了這麼久。爲什麼沉默了這麼久。如果他早已察覺，早已料到的話。

他是知道的，也一直懷疑著。用一個孩子幾乎是動物性的直覺看穿了眞相。我殺了雪子的眞相。是我拉扯那條紅色格子圍巾，把雪子拉倒在地，用力拉到她完全失去呼吸，然後丟下她自己逃走。

我憎恨雪子。我憎恨那個明明不像我這麼努力，不像我這麼乖，只不過一天到晚笑咪咪的雪子。我憎恨那個和杉次一起走路回家的雪子。我憎恨那個聽到眞子滑稽的朗讀時，可以沒有任何心機，只用最討眞子歡心的方式爆笑出聲的雪子。明明阿靖老是對她惡作劇，其他人欺負她時，第一個衝過去救她的也是阿靖。我憎恨能獲得這種對待的雪子。

雪子擁有的一切都是我憎恨的對象。那些不做任何努力就能擁有，不勞而獲的東西，雪子卻理所當然地享受著，這令我憎恨不已。要是她能更努力，能與我互別苗頭，甚至是討厭我也沒關係，那樣或許我就可以不用殺她了。

我連一次都不認爲自己做了壞事。因爲我心知肚明，只要維持模範生的樣子，誰也不會懷疑到我頭上。追根究柢，那只是偶發事件。當時在那棟大樓後方空地的只有我和雪子，眞的只有我們兩個人而已。因爲那是只有我們兩個人在一起時才會發生的事。

我感到神清氣爽。從不覺得自己失去什麼，也從來沒後悔過。雪子一死，就沒有什麼能妨礙我，也不會再有什麼讓我看不順眼了。我相信自己從此一定會活得神采飛揚，沒有什麼辦不到，只要我想要，任何夢想都能實現。我能成爲任何自己想要的樣子。

然而，現實並非如此。花了二十年，我只淪爲一個連自己親手殺死的鬼魂都看不見的人。

明天雪停之後，如果去挖那堆積雪，或許會挖到十二歲時死在那裡的我。二十年前，殺掉雪子的時候，和雪子一起被我殺掉的自己。蜷著小小的，凍得僵硬的身體。

無人憑弔，也無人爲我感到悲傷，就這樣永遠靜止在那裡。

玩具

商店街角落的玩具店二樓窗戶外，一到半夜就會出現上吊繩。

最早這麼說的人是誰，大家好像知道又好像不知道。因爲討厭這種忐忑不安的心情，就跑去跟別人說，好證實不是只有自己知道這件事。就這樣不斷傳開。

「戶塚太太，戶塚家的太太！」

星期六傍晚，久美子和媽媽正要去超市時，背後有人這麼大聲叫，一次又一次。

「戶塚太太，請等一下啦！」

伴隨吵人的咚咚腳步聲跑上前的，是住對面的笹谷太太。這位阿姨是附近出了名的大嘴巴，久美子的媽媽平常就不太喜歡她。笹谷家兩個小孩都上國中了，媽媽曾說不用在學校裡跟她一起參加家長會眞是太好了。

「聽說警察找上戶塚太太你們家，是眞的嗎？」

笹谷家阿姨一臉愉悅這麼問，喉嚨像貓一樣發出呼嚕聲。久美子的媽媽用力睜大那雙單眼皮眼睛。

「警察？我們家？」

「對啊對啊，來過了，對吧？有沒有，來問玩具店老奶奶那件事的？」

久美子的媽媽「喔──」了一聲，一邊用力點頭，一邊擠出笑臉。

「來是來過，那已經是滿久以前的事了。畢竟，玩具店老奶奶已經過世……我想想……已經過世兩個月了吧？」

「是嗎？可是我聽說警察是最近上門的。」

笹谷家阿姨伸出圓圓胖胖的粗壯手臂，一把摟住久美子的媽媽，壓低聲音說：

「聽說重啓調查了呢，關於玩具店老奶奶的離、奇、死、亡。」

「離奇死亡？怎麼說得好像她死因很可疑？」

「是啊。討厭啦，大家不是都在傳嗎？妳怎麼可能沒聽說？老奶奶其實是被她老公殺死的，就在那個二樓窗邊，用繩子吊死──」

說著，笹谷家阿姨做出上吊的姿勢。

「那個老爺爺已經沒力氣勒死老奶奶了，所以把她吊死。當然嘍，事後先把屍體處理掉，再裝作沒事人的樣子。不過，最近有人看見那個窗口出現上吊繩，一定是老奶奶冤魂不散啦。」

久美子的媽媽故意瞄了一眼久美子。當然，她眞正的意思並非「不要在久美子面前講這個」。因為這樁謠言，久美子不但清楚得很，爸爸媽媽也知道久美子早已聽說這件事。

可是，笹谷家阿姨完全不吃這套。

「哎呀，久美子一定也在學校裡聽說了吧？那些六年級男生晚上在玩具店前徘徊，還被警察先生罵了一頓呢。」

媽媽迅速往久美子和笹谷家阿姨中間一站。

「沒這回事，我家久美子才三年級，不知道高年級生的事。」

「哎呀，可不是聽說校長先生在朝會時為這事說教了老半天嗎？」

她竟然連學校裡發生的事都知道。久美子只能發出介於「嗯」和「唔」之間的聲音低下頭。

「戶塚太太，你們家和玩具店不是親戚嗎？」笹谷家阿姨又抓住久美子媽媽的手臂，「所以警方才會再來問話吧？我是這麼聽說的。」

「沒錯，玩具店是我先生那邊的親戚，只是已經很久沒往來了，我們搬來這邊之前也完全不知道他們住那。即使是親戚，跟他們也不是很熟。」

「可是，你們不是出席了老奶奶的葬禮？」

「我剛才也說過我們跟他們沒有往來，所以對方也沒請我們去……」

笹谷家阿姨喉嚨咕嚕得更大聲，看似更興奮了，「哎呀，葬禮連親戚都沒邀請參加，聽起來豈不是更可疑？」

久美子的媽媽像個試圖躲開醉鬼的女學生，掙脫阿姨的手，手心往久美子背上推。

「再說，我們聽說老奶奶是衰老過世，才不是什麼殺人案件。」

「既然如此，警方爲何重啓調查？」

「我連警方有沒有重啓調查都不知道……總而言之，刑警來我家是兩個月前的事，當時也完全沒提到這些，只停留十分鐘就走了。所以，妳聽到的謠言不正確。」

不好意思，那我們先告辭了。留下這句萬能寒暄語，久美子的媽媽拔腿就走。久美子也盡可能擺出乖孩子的表情，跟著媽媽一起走。

聽說玩具店的老爺爺和老奶奶姓竹田，發音不是「TAKEDA」而是「TAKETA」。玩具店的名稱叫竹屋，但是因爲整條商店街只有這間玩具店，位置正好在十字路口，大家都稱那裡是「路口玩具店」。

久美子一家三口，三年前買下一棟小小的建商自售屋，搬到這個鎭上。因爲喜歡這棟房子，爸媽才決定搬來這裡。在那之前，對這個鎭的事一無所知。

因此，搬來不久後，某天爸爸去買東西回來時說：

「我嚇了一跳，剛才在街上巧遇超過三十年不見的叔叔，原來他就住在附近。」

聽到他這麼說，久美子和媽媽都以爲爸爸又在編故事鬧她們玩了。

沒想到，這次他說的是眞的。

爸爸的爸爸有很多兄弟姊妹，大部分人感情都很好，只有一個和誰都合不來的壞人。那人很早就離家，是排行在爸爸的爸爸之下的弟弟，名叫光男。

「不過，老爸結婚生了我之後，我想想……大概十年左右吧，過年或作法事的時候，他還是回過老家。所以我隱約記得，小時候好像和光男叔叔玩過。不過，那之後——老爸不肯告訴我詳情，所以我也不是很清楚，只知道老家的誰和光男叔叔大吵一架，聽說是爲了錢起爭執吧。從此叔叔就不再回家了，音信全無，下落不明。老爸他們也決口不提光男叔叔的事，簡直就像叔叔已經死了，不在這世界上了。」

爸爸在路上巧遇的，就是這個光男叔叔。

「他說自己在商店街開玩具店。因爲入贅妻家所以改姓了。」

連媽媽也顯得很驚訝。

「常聽人說世界很小，還眞的有這麼巧的事呢。不過，這麼久沒見，眞虧你還認得出那位叔叔。」

「不、我就算看著他的臉也認不出來啊。畢竟實在太久沒見，他又已經是個老爺爺。是光男叔叔先喊我的，他說我和老爸年輕時長得一模一樣，一看就認出我了。」

「他一定很想念你們吧。」

「嗯……」爸爸沉吟了一番，露出有點爲難的笑容，「不過，確定我眞的是他姪子後，叔叔卻頻頻道歉。說他沒想太多就叫了我，很不好意思。」

「爲什麼？」

「那位叔叔和老家早已斷絕關係，應該說是被趕出家門。事到如今大概也不打算繼續和我們這些親人往來了吧。就我的立場來說，老爸和老媽也都不在世了……」

「說的也是……那位叔叔現在幾歲了？」

「我不確定，比老爸小，大概七十五、六吧。」

「我不用上門打個招呼嗎？」

「不用、不用。人家沒邀我們去玩，連我有沒有結婚、有沒有小孩都沒問。妳只要裝作不知道這件事就好。」

「這樣聽起來好無情。」

「事到如今也沒什麼無不無情，要是牽扯不清豈不是更麻煩？對方一定也這樣想。」

情況大概是這樣，久美子對這位父親的叔叔也就沒有太放在心上。經過商店街時，偶爾會想起——那間玩具店的老爺爺是我叔公啊。想是這麼想，也不能怎樣。

玩具店的老爺爺個子很小又瘦。總是駝背，身體像條微微扭過的抹布，看上去總有哪裡是扭曲的。頂上幾乎無毛，但不像校長的禿頭那樣閃著油光，是個無精打采的禿頭。

玩具店的店面很小，入口也和普通人家的玄關差不多大。相較之下，店內空間莫名深入細長。或許和建築物的這種結構也有關係，連白天都暗暗的，給人一股陰陽怪氣的感覺。老爺爺平常都在店內最深處，坐在一把木頭椅子上。從商店街上稍稍往店裡探頭，白天透過電視畫面的亮光，晚上則是在天花板上裝的黃色日光燈照耀下，可以看到老爺爺一個人坐在那裡發呆。

無論小孩或大人，幾乎沒有客人造訪這間店。久美子也沒聽朋友中有誰在這間路口玩具店買過東西。這也是沒辦法的事，因爲那裡根本沒有久美子他們想要的商品。堆滿店內細長通道兩側的大量玩具都蒙上了一層淡淡塵埃，彷彿已經放在那裡十年、二十年，看上去都是些賣剩的商品，實際上應該也是如此吧。

眞要說的話，不只這間玩具店，整條商店街的店都是這樣，老舊蒙塵，瀰漫一股不起眼的氛圍。儘管商店街裡的店舖數量眾多，卻幾乎派不上用場。久美子的媽媽平常都去鎮上另一邊的超市買東西，只有每個月兩天的特賣會才會去商店街。

玩具店的老奶奶很少出現在店頭，沒什麼機會見到她。爸爸說：

「光男叔叔說他十二、三年前跟經營玩具店的嬸嬸結了婚，才開始住在那裡。嬸嬸——現在已經是個老奶奶就是了——是玩具店前任老闆的女兒，因爲她繼承了家業，叔叔就跟著她姓竹田。」

要不是聽爸爸說過這件事，久美子還以爲那位老爺爺是獨居老人呢。

商店街不在上學的路上，久美子只有一星期去上兩次珠算課時會經過商店街。除此之外，只有在去找住後面那棟大樓的朋友玩時，才會穿越商店街。一兩年下來，即使從玩具店前經過，也很少想起那裡住著叔公，現在過了三年，更是幾乎忘了這件事。

就在這時，忽然有警察上門問關於玩具店老爺爺老奶奶的事。差不多兩個月前吧，那時眞把久美子嚇了一大跳。

當時大概傍晚，爸爸還沒回家，家裡只有久美子和媽媽兩人。站在玄關口的是個長相凶狠的男人，雖然繫著領帶，穿的卻不是西裝外套而是藍色的運動外套。出示的警察手冊比電視上看到的破舊許多。

「抱歉叨擾了，小姐。」長相凶狠的刑警發出沙啞的聲音。

「不好意思啊，在晚餐時間正忙的時候打擾您，太太。」

又對母親笑著這麼說：

「戸塚太太，府上和商店街竹屋玩具店那對夫妻是親戚吧？」

媽媽把從爸爸那裡聽來的事告訴刑警先生，刑警先生一邊攤開筆記本，一邊頻頻點頭。

「竹田先生也跟我們說了一樣的事。不過，那位老爺爺似乎很不想給姪子添麻煩，一直叫我們不要過來找你們。」

「發生什麼事了嗎？」

「其實，那位老奶奶過世了。昨天早上死在棉被裡，發現的人是老爺爺。」媽媽發出「哎呀」一聲驚呼，接著說，「久美子，我怕麵線煮太爛，妳去幫我把瓦斯爐的火關了。」換句話說，這是要她去別的地方，別待在這聽大人說話的意思。久美子答了聲「是」，往廚房退下，關了瓦斯爐火後，躲在門後豎起耳朵偷聽。

「過世的原因是什麼呢？」

「嗯，不是自然死亡就是病死吧，我想應該就是衰老了。老奶奶比老爺爺年紀更大，已經八十歲了。」

「這我倒是不知道。」

「應該跟殺人案件什麼沒有關係，只是那位老奶奶似乎沒有生什麼病，很久沒看醫生了。聽老爺爺說，前一天都還好好的，跟平常沒什麼兩樣。遇到這種情形的死者時，我們警方姑且還是得做個調查。雖然很少遇到這種事，但也可能是外人侵入家中，偷了什麼東西又對老奶奶下手。也不能說完全沒有這個可能性就是了。」

「這樣啊，眞是辛苦警方了。」

「不會不會。不過，那位老爺爺好像大受打擊，整個人都傻了，跟他講話也講不太通。只剩下他一個人實在可憐，問他有沒有人能投靠，或是附近跟誰比較熟，問了半天才問出跟戶塚太太你們是親戚。不過，聽剛才的說法，你們連面也沒見過吧？」

「是外子交待我這麼做的……」

「是、是，我明白。這種情形也是有的。竹屋的老爺爺也堅持要我們別通知姪子家，說和你們沒關係，叮嚀了好幾次。我今天來拜訪，算是自己愛管閒事。聽說那位老奶奶和前夫之間有小孩，警方也聯絡了他們，只是住得遠。」

「等外子一回來，我會馬上告訴他，請他跟警方聯絡。請問打哪個電話好呢？」

「這樣的話，請打到這裡。」

長相凶狠的刑警留下一張名片就離開了。

過了不久爸爸回家，撥了名片上的電話，和對方講了二十分鐘吧。接著，他丟下一句「我去叔叔那裡看看」就匆匆出門，很久都沒回來。

結果久美子隔天早上才看到爸爸回來，一臉惺忪地打著哈欠。

久美子問，大家要一起去參加玩具店老奶奶的葬禮嗎？爸爸搖搖頭。

「我們家不去喔。所以久美子和平常一樣去上學就行了。」

只有這樣，之後什麼事都沒發生。

玩具店大概拉下半個月的鐵門吧。等到終於開門營業，也和至今完全相同，陰暗的店內堆滿蒙塵的玩具，老爺爺一個人坐在店內深處看電視。看起來不特別悲傷，也不特別寂寞。和之前沒有兩樣。

爸爸和媽媽之間並未再提起玩具店的老爺爺。這點和之前也沒有兩樣。

久美子漸漸忘了玩具店的事——

爲什麼現在又這樣，到底發生了什麼事呢？說出看到上吊繩的是誰呢？說這話的目的，是想暗示老爺爺殺了老奶奶吧？

笹谷家阿姨說那話的嘴臉，大概讓媽媽很看不下去吧。回到家後，媽媽拿出那位長相凶狠的刑警名片，撥了電話給他。幾天後，刑警先生再次來到久美子家。

「妳好，太太，好像給府上添麻煩了啊？」

今天他穿的也是運動衣。

「是沒有到添麻煩啦，我只是擔心竹田家的老爺爺。」

「老爺爺本人應該不在意吧。說不定謠言根本沒傳進他耳朵裡。謠言這種東西大概都是這樣的，戶塚太太您也別太放在心上。」

刑警先生又用他那沙啞的聲音說，玩具店老奶奶的死因沒有任何可疑之處。

「當然，我們現在也沒繼續調查這件事了。」

「既然如此，爲何會出現那種不負責任的謠言呢？」

「聽說上吊繩之類的事，是附近國中生最早開始說的吧？大概是晚上補習班下課後，把人家晾在戶外的衣服給看錯了。小孩子就是喜歡這類靈異怪談。」

「您的意思是，這件事後來就傳開了嗎？」

刑警先生搓搓下巴，歪了歪頭，「嗯……其實不只這樣啦。應該說那只是開端……好吧，反正戶塚太太您不用擔心受牽連，這件事聽聽也好。」

接著，他壓低聲音繼續說——竹田先生那裡，因爲遺產繼承的事出現了糾紛。

「老奶奶的孩子和老爺爺之間起了點爭執。那塊土地和那間店都是老奶奶名下的財產，正常來說，身爲丈夫的老爺爺有一半繼承權。此外，老奶奶好像還留下一點存款和保險金。沒想到，老太太和前夫生的三個孩子……說是孩子年紀都不小了，也就有一定程度的貪念，吵著說那些遺產他們全都要，還要老爺爺快點搬出去。」

「這也太不講理了吧。」

「追根究柢，老爺爺和老奶奶結婚時，和那幾個孩子之間就有些摩擦了。想也知道，那些孩子早就覬覦老奶奶的遺產，誰知道半路殺出了個老爺爺，他們怕財產被搶走，還大鬧了一番。要老爺爺寫下白紙黑字，答應如果老奶奶先死，老爺爺就自願放棄遺產，否則不讓他們登記結婚。總之，各種骯髒手段都有。那位老爺爺不是會自己說出這種事的人，這些都是我從商店街裡的老面孔那邊打聽來的。」

「這麼說來，商店街的人們明知事情是這樣，卻沒人出來替竹田先生說話嗎？」

「這點也很難。老奶奶的前夫也是贅婿，和在地鄰居都有交情。所以對商店街裡的老鄰居來說，老爺爺反而是後來才來的，未必願意接受他。」

「怎麼這樣……」

「既然算是親戚，跟你們說這話其實不太好，但是聽說老爺爺原本似乎居無定所，過去也有些不光彩的事，所以大家才會那樣。」

媽媽摀住嘴巴，皺起眉頭，「外子也說過，光男叔叔和老家斷絕關係，真不知道發生過什麼事……」

總之，再去追究過去的事也沒意義。刑警先生這麼說著，拉攏運動外套領口說：

「老奶奶其實是被老爺爺殺掉的惡意謊言，起初大概真的出自哪個孩子的嘴吧。可是謠言之所以愈傳愈大，或許是商店街裡的人們刻意營造的氣氛。」

「聽了眞教人不舒服。那麼小的店和土地，就算賣掉也沒多少錢吧？」

刑警先生搔了搔頭，笑著說：

「這是當然，只是，問題不在金額大小。戶塚太太您是外地來的或許不知情，那條商店街在十年、十五年前可是很熱鬧的。可是隨著超市的四處興起，商店街漸漸沉寂，那裡不管哪間店都是老人在經營，對吧？就是因爲沒人要繼承。然而那種相鄰的店家，彼此都從父母輩或更上一代就開始往來，沒有哪戶敢說聲不做了就把店收起來。因爲那樣會讓商店街更加凋零啊。」

媽媽挑高了眉毛。

「這麼說來，只要玩具店給那些沒打算搬回這個小鎮的孩子繼承，他們賣掉店和土地對商店街其他人來說反而是件好事嘍——這麼一來，大家就能名正言順跟著賣了。」

「嗯，這就是大家心裡眞正的盤算。讓沒有太多交情的人開第一槍，後面的人就有藉口跟著做了。簡單來說就是這麼一回事。」

那天晚上，媽媽把從刑警先生那裡聽來的事轉述給爸爸聽。爸爸顯得非常不高興，聽完之後說：

「這種事我早就知道了。」

說這話時，爸爸已經完全在生氣。

「妳幹麼打電話去跟警察確認，眞是多管閒事。這種時候只要裝沒事，等事情自然過去就好。」

「哎呀，可是我——」

夫妻倆就這樣吵起架來，久美子只好趕快逃進浴室。

隔天，去補珠算時，朋友忽然這麼問。

「聽說警察又去妳家了？」

久美子嚇了一跳，心想到底又被誰看見了？說明起來實在太費事，還是爸爸說的對。

行惡之人到處都有，趁亂惡作劇的人也是。就在那兩天後，玩具店二樓的曬衣桿上，眞的綁上了一條看似用來上吊的麻繩。因爲是惡作劇的人趁夜裡幹的好事，天亮後商店街的人發現了，便急急忙忙把繩子拆下來。然而，一到隔天繩子再次出現，這次連巡邏員警都趕來了。

事情發生一陣子後，輪到某家電視台來採訪。也不知道是誰通知他們的，聽說是個深夜短節目。想製造搞笑話題，這是最適合的題材了吧。一些鬧哄哄的諧星，以外景主持人的身分前來。

媽媽叮嚀久美子別去看熱鬧，但朋友都去了，結果久美子還是去了商店街。一方面是擔心老爺爺，一方面也想親眼看看到底發生了什麼事。

「突擊調查隊！」擔任外景主持人的諧星說了一堆有的沒的。

「也該聽聽老爺爺的說法才對。」

「商店街的大家，要相親相愛才行啊！」

「畢竟老爺爺可是玩具店的楷模呢，想想，住家附近竟然在賣這麼有趣的東西。」

每句話都扯著嗓門，讓人聽了很煩。老爺爺把店關了，沒有出來。可是，不管外景主持人說什麼，大批看熱鬧的群眾都有反應，商店街裡吵鬧得不可開交。

商店街很久沒這麼熱鬧了，大家看起來都很開心，咯咯笑個不停。久美子覺得愈來愈不舒服，甚至開始想吐，就丟下朋友回家了。

媒體不只來這一次。另一個來採訪的是情報雜誌，聽說拍了很多玩具店的照片回去。自從電視台來過之後，老爺爺就沒再開店了，不知道裡面情形怎樣。一個自稱記者的年輕男人不斷拍打鐵門呼喊，老爺爺也沒回應。

「上電視果然最能吸引人潮。」

不小心聽見玩具店隔壁帽子店的大叔這麼說。

對於這件事，久美子的爸爸和媽媽各自生著氣，現在他們兩個心情都超級差。

「竟然一群人圍起來開老人家玩笑！」

久美子偷聽到爸爸這麼說，他很少用這麼粗魯的語氣說話。雖然久美子不是很懂這句話的意思，內心卻一陣悲哀。

玩具店始終沒有開門做生意，情報雜誌來採訪的半個月後，老爺爺過世了。聽說他一大早倒在店面鐵捲門前，被路過的人發現。

久美子的爸爸這次也從早上就趕去，直到當天晚上才一臉憔悴地回家。

「我被人家趕回來了。」他對媽媽這麼說，「老奶奶前夫的孩子，簡直是一群土狼，把我也當成想爭奪遺產的人。」

因此久美子一家人並未出席老爺爺的葬禮。老爺爺明明是病死的，鎮上卻謠傳他上吊自殺。明知不是這樣，久美子卻聽見商店街的人們散播這個謠言。

老爺爺死後，玩具店一轉眼就被拆除了。在那之前，店內所有商品都用特價一百圓拍賣掉。聽說當時站在店裡賣東西的，是老奶奶繼承遺產的孩子之一。

「久美子，就算朋友約妳去買也不能去喔。什麼都不准買。」

不用媽媽吩咐，久美子也早已不再靠近商店街。就連特賣結束，玩具店拆掉變成一片空地，連謠言也消失後，久美子仍然絕對不靠近商店街。不管是去上珠算還是去朋友家玩，都刻意繞遠路。

即使如此，兩個月後——

爸爸說要帶久美子去商店街另一頭新開的腳踏車行，久美子就跟著去了。爸爸沒有繞遠路，直直朝商店街走去。因爲，只要穿過商店街就能看到腳踏車行。

不知道是爸爸先注意到，還是久美子先注意到。不過，久美子之所以停下腳步，或許是因爲爸爸忽然用力抓住自己的手。

曾是玩具店，現在變成一塊空地的地方，竹田老爺爺就站在那裡。身影淡淡的，薄薄的，彷彿半透明似的，一個人站在那裡。

他沒有看這邊，只是抬著頭看隔壁帽子店的窗戶。

久美子心想，這可能是自己第一次好好從頭到腳看清老爺爺。因爲以前他總是坐在店裡看電視。

不過，表情是一樣的。同樣的表情，和看電視時相同的眼神，像是在發呆。

久美子用力反握爸爸的手。爸爸低頭看她，馬上知道久美子和自己看到了一樣的東西。

不知爲什麼，喉頭忽然一緊，久美子滴滴答答地掉下眼淚。

爸爸冷不防抱起久美子。久美子眼前發白，身體一陣冰涼，緊緊摟住爸爸的脖子。一開始以爲只有自己在發抖，緊抱著爸爸之後，才發現爸爸的身體也同樣顫抖。

「久美子，不可以哭。」

爸爸一邊這麼說，一邊安撫似地輕輕搖晃久美子。眼神依然放在眼前的竹田老爺爺身上，像說悄悄話一般輕聲快速地說：

「光男叔叔不是爲了嚇妳才這麼做，所以別哭，這不是應該哭的事。」

話雖如此，久美子還是止不住淚水，哇哇大哭起來。爸爸站著不動，也有路人或站在店門口講話的人狐疑地回頭看。

那些人都看不到玩具店的老爺爺。

老爺爺抬頭仰望帽子店的窗戶。

「叔叔。」

聽見爸爸輕聲呼喚，久美子抬起頭，朝爸爸眼神的方向望去。

「沒能幫上您的忙，眞的很不好意思。」

抱著久美子，爸爸緩緩朝商店街走去。久美子牢牢抓緊爸爸，把淚水沾濕的臉頰壓在爸爸下巴上。路過的街景，隨爸爸緩慢的腳步映入眼簾。

老爺爺始終沒有看過來這邊。不是沒有發現，應該是故意不看的吧。久美子這麼想。

爲了不嚇到久美子。

走出商店街後，久美子說：

「不恐怖耶。」

爸爸看著久美子，露出差點和久美子一樣哭出來的眼神笑了。

「我就說吧？」

帽子店結束營業，是那之後沒多久的事。那塊地也很快變成空地，不知道哪裡的不動產公司連同玩具店的土地一起買下。

那時，久美子已經不害怕一個人穿過商店街了。後來又看過好幾次玩具店的老爺爺，有時站在玩具店的空地上，有時站在商店街裡別間店前面。只要老爺爺這樣站過的店，很快就會賣掉或傳出結束營業的消息。

玩具店的老爺爺，爸爸口中的光男叔叔，久美子的叔公，至今連一次也沒朝久美子的方向看過來。因此久美子也不喊他，更不停下腳步。

今天早上，社區傳閱板傳到家裡，上面寫著「居民說明會開會通知」。聽說商店街附近要開一間比鎮上所有超市集合起來更大間的複合式商店。爲了這件事要開事前說明會。

媽媽說她不去。爸爸也說沒必要去。

「跟我們家沒關係。那是商店街的人才要參加的聚會。」

可是，久美子在去上珠算課的路上，還是跑去偷看了一下，只是一下下。因爲她心想，叔公一定會來吧。聚集而來的商店街人們大概誰也不會發現，而他一定用著和生前看電視時一樣的表情站在最後面，看大家聚集起來開會的樣子。

要是看到他，久美子想揮一下手，只要稍微揮一下就好。意思是——看這邊。

（抱歉，嚇到妳了。）

叔公可能會露出這種表情，如果這樣，久美子打算搖頭否認。

「我才要向您道歉呢，爸爸也說對不起您。」

久美子心想，等說完這句話就快點跑走吧。

千代子

原本以為是個輕鬆划算的打工機會，事實是，這世界果然沒那麼好混。

「雖然老舊了不少，不過妳看，臉很可愛吧？顏色也很漂亮。就是尺寸小了點，其他店員沒辦法，就算擠進去，觀景孔的位置也不對。」

因為妳身材嬌小，所以剛剛好。店長先生喜孜孜地說。

「我聽朋友說，貴店要找的是發氣球的工讀生？」

「是啊，工作是發氣球。只是發氣球的時候得穿上這個。像是闔家大小一起上門的客人，看到這個一定會很開心。」

是嗎……

靠在員工更衣室牆上，看上去一副疲憊不堪樣子的，是一件粉紅色的兔子布偶裝。正如店長所說，和一般主題樂園裡看到的普通布偶裝相比，整體來說小了一圈。

「這是什麼時候買的呢？」

「我想想喔——五年前吧。為了慶祝創立五週年，舉行感恩特賣會時，老闆娘不知道從哪拿來的，好像是在淺草買的吧。」

聽說當時也是請身材嬌小的店員穿上這件布偶裝，站在店門外發氣球與糖果。

「客人都很喜歡，所以這次十週年紀念特賣會就決定再來一次。」

可是，當時這套布偶裝還是新的，顏色一定也比現在更鮮艷、更可愛吧，或許眞的能討跟媽媽來購物的孩子歡心。

問題是，現在這套布偶裝根本看不出當年的英姿了。

這五年來，布偶裝大概一直放在倉庫不見天日。或許因爲沒曬到太陽，褪色的情形不嚴重，但也因此身上到處長出灰色黴菌。兩條長長的耳朵無力下垂，我試著把右耳往上拉，一放手就又垂下去了。粉紅色的身上散布一點一點白色斑點，大概是打掃倉庫的人在這套布偶裝旁邊揮舞沾了漂白劑的拖把，噴到漂白劑的地方就從粉紅色變成白色了。這麼說來，這套布偶裝是在沒有任何裝箱或遮蔽的情形下，直接放在倉庫裡嗎？

塑膠製的雙眼蒙上一層油污與塵埃，不復往日清亮。

「好像有股臭味，裡面是不是有蝨子？」

聽我這麼說，店長不以爲意地笑了。

「只要今天拿出去曬一天太陽就沒事了啦。用力拍一拍，也可以拍掉灰塵。」

我試著摸摸布偶裝，表面摸起來一點也不乾爽。摸索著找到背後拉鍊，拉開一看，內側濕氣更重。我嚇得五官都扭曲了。

「我不是說了嗎?曬乾就沒事了。」

搶先這麼一說，店長拍拍我的肩膀。

「那就明天見吧。我們十點開店，請妳九點前到辦公室來。拜託嘍。」

如果想先整理布偶裝，可以去停車場，那邊曬得到太陽。說完，店長一副心情很好的樣子逃跑了。

我和軟趴趴的布偶裝一起被丟下。實在太火大了，我用力一戳布偶裝的鼻子。就這麼小小一個動作，裡面什麼都沒有的兔子失去平衡，倒在牆角。

眞是的，好討厭。

對窮學生來說，不打工沒有收入就活不下去了。「這裡有個不錯的工作，日薪一萬圓，內容是協助超市特賣會，輕鬆又乾淨。」當時說這話的朋友看起來像活菩薩，現在我要收回這說法。那傢伙是詐欺犯，人肉販子!

要是多給我一天時間，至少還能把這套布偶裝帶回家洗乾淨。我忍不住嘆氣。

「哎呀，妳是來打工的嗎?辛苦啦。」

在更衣室裡，正打算把腳套進布偶裝時，背後傳來這個聲音。

一位臉圓圓，笑咪咪，看上去年紀跟我家媽媽差不多的阿姨站在那裡。只見她直接走到置物櫃旁，打開門，拿出寫著「田中」的名牌。

「是的，雖然只有今天一天，請多多指教。」

「我才要請妳多幫忙呢。」

田中阿姨換上從置物櫃裡拿出的淺藍色制服，指著我手上的布偶裝說：

「那個，自己一個人穿很麻煩，我來幫妳吧。」

又拉又扯的，就算兩個人一起穿也費了好一番工夫。好不容易身體都塞進去，我已經滿身大汗了。現在還不用完全變身爲兔子，頭套的部份就像帽子一樣掛在背後。

「穿這個又悶又熱，而且還挺重的，一天下來會肩膀痠痛喔。還有，走路時記得留意腳下，因爲比自己平常的身體大了兩圈，會撞到意想不到的地方。」

阿姨給的建議聽起來很實際。

「田中阿姨，您也穿過這套布偶裝嗎？」

阿姨開朗的笑聲響徹更衣室。

「嗯，五年前穿這套布偶裝的人就是我呀。」

哇，原來是這樣啊。這麼說來，田中阿姨身高也不高。

「過了五年，我就像妳看到的這樣，變胖了。」

田中阿姨拍拍自己的肚子。正如她所說，身材變得圓滾滾。

「胖了十二公斤呢。就算我胖這麼多，店長一開始竟然還說要我再穿一次。我說那是不可能的事，但是其他人更穿不下。後來他說，反正都決定要請工讀生了，就讓工讀生穿吧。」

眞是抱歉呢，阿姨和藹地向我道歉。我嘿嘿傻笑，憋在丹田沒說出口的話是，與其道這個歉，為何不先幫我把這隻兔子洗乾淨呢。昨天我拚了命整理布偶裝，內側還是有點濕濕黏黏的，穿上後，手臂和腿部皮膚直接接觸內部，現在已經感覺有點發癢了。

「頭套也戴上看看？趁現在練習一下怎麼走路比較好唷。」

田中阿姨幫我拿起頭套，我只好把頭鑽進去，抖抖身體，整個人都籠罩在布偶裝裡了。

「如何？視野變窄了，可能會有點恐怖，一開始難免啦。」

雙眼湊上觀景孔，環顧更衣室內。看得到並排的置物櫃，也看得到裝了鐵絲網的玻璃窗。視野確實變窄了，我倒是不以為苦。反而覺得呼吸不過來比較難受，因為整個頭套只在下巴位置有個透氣孔。

「哎呀，眞可愛。」

田中阿姨很高興。感覺得出她身體動了動，聲音從斜前方傳來。不過，我看不到她。視野裡沒有一處出現淺藍色的制服。

取而代之的，我看見了奇怪的物體。那是個灰色毛茸茸的團塊。非常大，體積大概和田中阿姨差不多，就站在我身邊。

仔細一看，是一個熊布偶裝。

「田中阿姨？」

「我在這啊，視野果然很狹窄吧？」

灰色熊布偶裝用田中阿姨的聲音回答我，抬起笨重的手腳走到我正前方。

田中阿姨？這是田中阿姨？爲什麼她穿著布偶裝？什麼時候穿上的？

「請問……」

我忍不住伸出手，想觸摸那灰色的絨毛，卻差點失去平衡。

「妳沒事吧？」

那隻灰色的熊扶住我，用田中阿姨的聲音說話。

這到底是怎麼回事？

「這個、幫我脫掉這個一下！」

我發出身體著火似的哀號，脫掉兔子頭套。一脫下來，眼前出現的還是田中阿姨。身穿淺藍制服，有著豐腴身材的阿姨。我瞠目結舌，差點跌坐在地。

看到我氣喘吁吁的樣子，田中阿姨問：

「怎麼了？布偶裝裡面沾到什麼了嗎？還是有蟲？」

我沒有回答，再次戴上頭套。戴的時候閉上眼睛。

「田中阿姨，請妳先站在原地喔！」

「咦？欸？」

睜開眼，站在那裡的又是灰色的熊。

「妳這孩子是怎麼啦？」

田中阿姨驚訝地問。灰色的熊的肢體語言像是在說「什麼嘛，別嚇我啊」。

布偶裝裡的我張口結舌。

「我——我去外面走走。」

扶著牆壁，我搖搖晃晃走出更衣室。

周遭每個人都穿著布偶裝。

不、說得更正確一點，是看起來像穿著布偶裝。當我穿上這套粉紅色兔子布偶裝，從觀景孔往外看時。

看在穿了布偶裝的我眼中，來上班的超市店員就像在舉行一場布偶裝大遊行。這個人是貓，這個人是狸貓、這個人是猴子。有些人連尾巴都有。超市店員以女性居多，布偶裝全都發出可愛的聲音交談，笑聲也屬於女性。當然，舉手投足都是女人的動作。所以，看上去也有點像某種不正經的酒吧。是叫變裝酒吧嗎？不過那種地方的變裝不是水手服，就是護士服才對吧。無論如何，我和好幾個穿布偶裝的人擦身而過，一路走到超市門外。

店長在那裡，抬頭仰望超市大門上的裝飾。店長身邊有個馬梯，一個男人爬到最上面，正在微調「創業十年感謝祭」的橫幅招牌位置。

「再高一點點，啊、這樣又過頭了。水平、保持水平。」

聲音來自店長，梯子上的男人也說：

「這樣呢？這樣可以嗎？」

從他回答的聲音，我判斷這是個男人。

因爲他們兩人，外表都不是人類。不過，這次又不能說是布偶裝。因爲材質是塑膠。

店長變成機器人。嗯……是機動戰士鋼彈嗎？梯子上的男人又是什麼？好像是某個戰隊系列，是不是叫高速戰隊渦輪連者？

「店長！」我大喊。

鋼彈轉過頭，「喔！挺適合妳的嘛。」

我脫下兔子頭套，眼前的鋼彈和渦輪連者都不見了，出現的是店長和梯子上的男人。店長身穿白襯衫，繫著條紋領帶。梯子上的男人穿工作服，是個年輕人，年紀看起來比我還小。

我再次套上頭套。喔喔！鋼彈和渦輪連者復活了！

「怎麼了？穿起來不舒服嗎？」

「沒這回事。」我以沒有抑揚頓挫的語氣回答，眨了眨眼，擠掉跑到眼睛裡的灰塵。

這到底是怎麼回事。

「打擾了。」我轉身走回更衣室。背後傳來店長的聲音。

「妳要去哪？差不多要開始發氣球了，妳不能不在這啊！」

更衣室裡有鏡子。我想去照鏡子。無論如何都想確認自己現在的模樣。

店員都出去店面幫忙了，更衣室內空無一人。我戴上兔子頭套，慢慢站到鏡子前。

那裡，有一隻兔子布偶。

可是和我身上的不同顏色。鏡子裡的是白兔，耳朵形狀也不一樣。右耳從正中間折成一半垂下。

再說，我看過這隻白兔。這是——這是……好懷念啊。

沒錯，這是千代子。

小時候，我最喜歡的絨毛兔娃娃。我們每天都睡在一起，去公園玩的時候，我也會背著她。就連全家出門旅行都帶著。

兩顆黑色圓圓的眼珠。左眼是原本的塑膠眼珠，右眼卻是父親的大衣鈕扣。有一次我帶千代子去朋友家玩，回來才發現右眼掉了。差不多是我六歲的時候。

「千代子的眼睛不見了啦！」

我哇哇大哭，大吵大鬧，被母親責罵了一頓。然後，拿釦子代替眼睛幫我縫上去，所以千代子左右兩眼不一樣大。

鏡中的白兔，連這種地方都和千代子一模一樣。

我的目光落在自己雙臂上。從布偶裝裡看出去的我的手臂，變成了千代子的手臂。過度摩擦的白色絨毛都禿了，從綻線的手腕處露出裡面的棉花。

這是千代子沒錯。

千代子被我遺忘多久了呢。

不再和千代子玩，也不再抱著她睡覺後，至少到小學五、六年級左右，她都還在我房間裡。可是，等到上了國中、上了高中，隨著年齡增長，我漸漸忘了千代子。嫌棄這破舊軟趴趴的白兔絨毛玩偶太孩子氣，把她趕出房間。我到底把千代子放在哪裡，現在已經回想不起來。

我媽很愛收東西，大概沒有丟掉她。一定還在家裡某個地方吧，得確認一下才行！

好久不見呢，眞抱歉我一直忘了妳。我自己環抱自己，像小時候抱千代子那樣。這時，腦中靈光一閃。

其他人說不定也和我一樣。

店裡其他人穿的布偶裝，就是他們各自的千代子。一定是這樣沒錯。小時候最愛的玩具。

玩得忘記一切，好幾小時也不厭倦的對象。一起睡覺，連作夢都陪伴在身邊，最重要最重要的幻想朋友。對小孩子來說，那就是當下最棒的夥伴。

穿上這件粉紅色兔子布偶裝，我就能看見那個。

匆匆跑回店裡，田中阿姨正在收銀機前對著鍵盤打什麼。

「田中阿姨！」

「是！哎呀，是妳啊！」田中阿姨縮起下巴。她一定覺得我是個奇怪的女生。沒辦法，只好順便問了。

「田中阿姨，妳小時候是不是很愛惜一個灰色的絨毛熊布偶？」

田中阿姨這次整個身體都往後縮了。不過，站在隔壁收銀機前的女人幫我解了圍。

「咦，那是什麼？最新流行的算命？」

「對，差不多就是這樣。」

「我小時候的好朋友，是個有長耳朵的絨毛狗娃娃喔。那是五歲生日時，人家買給我的禮物。我一直帶在身邊，連婚後都帶著。雖然被老公笑了，現在我還是很愛惜那個娃娃。」

看在我眼中，這個人就像穿著長耳朵狗的布偶裝。絨毛雖然稀疏了點，倒是沒有哪裡破掉或弄髒。不愧是陪伴她到現在的娃娃。

「像您這樣的人，就會有好事降臨喔。」

「這就是算命的結果？」

「是的。」

我大搖大擺走出店外，店長還在那裡，依然是鋼彈的樣子。他正在測試廣播用的麥克風。

「店長，您是不是很喜歡鋼彈？」

「咦？」店長睜大眼睛，「妳怎麼知道？我是初代鋼彈當紅世代的小孩，當然很迷嘍。」

「都寫在你臉上了。」

店長歪著頭說「是喔？」鋼彈歪頭的樣子還眞可愛。不過，就我所知，在初代鋼彈當紅世代裡，店長的年紀應該算比較大的。換句話說，他應該是阿宅吧。

這天一整天，我在發氣球的時候看見了各式各樣的布偶裝。也看到許多我連名字都不知道的卡通角色。來超市的客人身上都穿著什麼，和店長的情形一樣，未必每個人身上都是布偶裝。甚至有個年輕女人打扮成忍者的樣子。好像是個叫赤影的角色吧。有時看到芭比娃娃或莉卡娃娃迎面走來，我驚訝得拿下兔子頭套，看到眼前是個阿姨時更驚訝！有個腰都挺不直的老爺爺穿著看似粗獷的棒球服，整個人卻莫名單薄，看上去輕飄飄的。我一直在想那到底是什麼，盯著他看半天，忽然想到應該是尪仔鏢啦，發現時高興得不得了。化身尪仔鏢的，多半是上了年紀的男人，我看到了不少橫綱力士圖案的尪仔鏢。

很多小朋友化身爲我不認識的角色，因爲我最近都不看兒童節目了。不過，超人力霸王果然還是很受歡迎。有個好像因爲惡作劇被媽媽打屁股的小男生化身爲蜘蛛人，害我忍不住笑出來。他一定是看了電影吧。正義的超人怎麼可以不聽媽媽的話呢。

最多人喜歡的布偶裝（或說絨毛娃娃）應該是熊貓吧。上門的客人中，大人的玩偶幾乎都有哪裡破掉或弄髒。不乏缺一隻手或少一個耳朵的。

這些只留在回憶中或被遺忘的玩具，其中也有被丟棄的吧。一眼望去，髒得認不出來到底是什麼的，一定就是被丟掉的。

田中阿姨說的沒錯，穿上布偶裝走動很耗體力，我得頻繁找時間休息。休息時，向辦公室的人借了黏膠，想把千代子脫線的地方修理好。其實最好可以縫起來，但是穿著布偶裝，沒辦法做這麼細的針線活兒。

「這件布偶裝有哪裡破掉嗎？」

借黏膠給我的人露出疑惑的表情。我笑著含混帶過，回更衣室用應急的黏膠修理千代子脫線的地方。

下午三點左右，我已經很累了。不過同時，也已習慣看到眼前絨毛玩偶與玩具大遊行的景象。不管看到什麼從眼前走過都不當一回事，只是一邊說聲「你好」，一邊遞出氣球。

就在這時——

我看見一個普通小孩。明明這樣才正常，我卻非常驚訝。

那孩子大概國一左右吧，下巴有點戽斗，看起來是個性格好勝的少年。身穿T恤牛仔褲，腳踏名牌球鞋。

這天是星期天，店裡也有文具賣場，國中生一個人來不是什麼奇怪的事。我目送少年身影隨店內擁擠的人潮消失在店內。

那孩子小時候是不是沒有任何一個珍惜的玩具？現在也沒有嗎？

不過，難免會有這種事吧。這麼一想，我又繼續努力發氣球。

一個多小時後，利用休息時間回更衣室時，我聽到後面辦公室傳出吵吵鬧鬧的聲音。脫下頭套，問路過的店員發生什麼事了。

「抓到扒手了。」

店員皺著眉頭說：

「還是個國中生呢，已經是慣犯了。」

我立刻想到剛才那個沒有化身爲任何絨毛玩偶或玩具的少年。

「報警了嗎？」

「不曉得，總之先請家長來。」

過了一會兒，我喝完冷飲，擦乾汗水，重新穿上布偶裝走出店外，正好看到路肩停著一輛計程車，從車上下來一個女人。這個人也沒有變成絨毛玩偶或玩具。計程車司機化身爲融岩大使，女人卻是隨處可見的普通人類樣貌。

下巴的線條和那個少年很像。

她一定是少年的母親。

女人走進店內，臉上帶著不悅的表情。在星期天正舉行特賣會的超市裡，她看起來非常格格不入。

時間接近傍晚，客人愈來愈多，氣球已經發完了，我還是忙著發傳單或跟小孩握手。不過，約定打工結束的時間是六點，差不多快到了——這麼想時，那個女人和少年走出來了。

兩人的臉都像被什麼推擠過似地扭曲，大概是下顎咬合不良吧。

他們從我身邊走過。賭氣般地邁開大步，差點撞到我，我趕緊避開。

這時我忽然發現，好像有什麼附著在那兩人背上。

像是一團灰塵，不、又很像煤灰。輕飄飄的一團黑色物體，看上去有點噁心。

我心頭一驚，脫下布偶裝的頭套。朝走遠的兩人匆匆追上幾步。

少年的T恤背部和母親的罩衫背部，都沒附著任何東西。

我再次戴上兔子頭套，一戴上就看見兩人背上有黑黑的東西。這次看得很清楚，那團東西有著手的形狀，長出倒勾指甲的瘦削的手。指尖從後方抓住少年與母親的肩膀，還不停蠕動，就像爬在背上的蜘蛛。

我感到毛骨悚然，身體不住顫抖。

那是什麼？不管是什麼，一定是非常非常不好的東西。

身上穿著布偶裝或變身爲玩具的人身上看不到這隻黑手，沒有人被那種噁心的東西附著在身上。

回到更衣室，脫下布偶裝，讓它靠牆立著放。粉紅色軟趴趴的兔子用驚訝的表情看著我。

「嗳、那是什麼？你讓我看了什麼？」

當然，布偶裝什麼也沒回答。

我是這麼想的。附著在那對母子背上的黑色噁心物體，就是飄散在這世間的惡。我們誰都有可能面臨被附著的危險，一旦被附著，就會做壞事。例如偷東西。

可是，幾乎所有人都沒有遭到惡的毒手，或許是因爲身上的絨毛玩偶或玩具保護了我們。

那些重要的回憶。

最喜歡某樣東西的回憶。

人們受到這些回憶的保護而生。如果沒有這些回憶，就會輕易被惡纏身。輕易到可悲的地步。

這套粉紅色的兔子布偶裝讓我看見那些，就是爲了告訴我這個。

「你真厲害。」我對布偶裝說。

這套被棄置倉庫五年，內在空洞無物的兔子布偶裝上棲宿著某種東西。不是壞東西，對，應該是某種清澄的東西。那東西一直活在布偶裝上，給予布偶裝不可思議的力量。

好想擁有它……我這麼想。

去跟店長談一談，請他賣給我吧。今後我將繼續在這座大城市裡，投身陌生人群中討生活，對這樣的我來說，沒有比這套布偶裝更教人安心的武器。只要穿戴上它，就分辨得出誰是惡人。

這時，靠著牆壁的布偶裝頭部慢慢傾斜。我明明沒碰到也沒移動它。

——我勸妳別這麼做。

布偶裝對著我搖搖頭。

我忽然感到害怕，從布偶裝旁後退一步。這次，兔子布偶裝朝相反方向再甩了一次頭，回到原本的位置。

我還是沒有碰它。

「說的也是，還是別這麼做了。」

我發出聲音這麼說：

「畢竟，我已經有千代子了嘛。」

粉紅色兔子的臉好像對我露出微笑。

那天晚上，我打了電話給母親。因爲一直嚷著千代子、千代子，好像把她嚇到了。

「千代子收在儲藏室啊。」

「妳去拿來！」

啊、太好了。媽媽幫我把千代子收起來了。太好了。對不起千代子，一直把妳丟在儲藏室。

對不起，我不小心忘了妳。

「喂？我拿來了喔，要我拿這東西來幹麼？」

「千代子……沒事吧？」

「什麼沒事……有點髒就是了。」

「手上有沒有脫線？」

媽媽沉默了一下才回答，「脫線的地方黏上了黏膠耶。這是妳黏的嗎？手眞笨，膠都溢出來了。不過，妳是什麼時候黏的？黏膠看上去還很新。」

我高興起來，一個人對著狹小公寓的牆壁笑。

「媽，這週末我會回家，妳先幫我把千代子拿去曬太陽，一定要拿去曬喔。」

「妳這孩子在說什麼啊？沒事吧妳？」

沒事啦。我笑著回答：

「因爲我忽然想起千代子，想回去接她！」

這件不可思議的事，帶給我比優渥日薪更美好的東西。

那套粉紅色的兔子布偶裝又被收進倉庫了吧？下次不知道什麼時候重見天日。不過各位，如果您有機會在舊市街的超市穿布偶裝工作，請試著想起這件事。

照照鏡子，看裡面映出什麼吧？

石枕

1

「懇請海砂地區八之町町內會的各位鄉親協助」

首先，感謝各位鄉親平日支援八之町町內會的各項活動。

今年四月上旬開始，我們八之町內開始出現無憑無據的謠言，對學童尤其可能造成不良影響。謠言指稱八之町東北側的「台東水上公園」內，有今年一月發生之命案中遭殺害的年輕女性鬼魂出沒。由於電視台前來採訪之故，謠言甚囂塵上，町內孩童甚至為了親眼目睹鬼魂，於深夜跑進水上公園。此舉引來以孩童為對象恐嚇取財的不肖人士及小偷、色情狂橫行，對教育及治安皆帶來不良影響。八之町兒童聯合會認為事態不容輕忽。

國中小學即將進入暑假，懇請各位家長在家中指導孩童，提醒他們不可隨謠言起舞。麻煩各位以比平時更慎重的態度教育監督。

平成十年七月十五日
八之町町内聯合會
會長　三島昭

2

「爸爸，你回來啦。」

剛回家的石崎，才在廚房餐桌邊坐下吃晚餐，女兒麻子就難得下樓來，一邊拿起插在客廳雜誌架上的社區傳閱板，一邊向他打招呼。

「哎唷。」不知爲何，妻子美彌子笑了起來。

「媽媽妳別說話，我自己來說。」麻子面帶若有深意的笑容回答，令石崎心生警戒，急忙吞下嘴裡的飯。

時間接近晚上十一點，妻子和女兒早就吃過晚飯了。平常只要一吃過晚飯，麻子就會躲回二樓自己房間。石崎總在這個時間回家，很少和女兒打照面。麻子是獨生女，這種狀況難免教石崎心裡有點落寞。但是，按照美彌子的說法，即使是自己的女兒，孩子上了國中也會想擁有自己的小天地，每戶人家的狀況都差不多。

不過，雖然只是偶爾，麻子有時也會像這樣特地等爸爸回家。這種時候，多半都是有事相求，肯定沒錯，所以石崎才會心生警戒。

上次她像這樣專程下樓，親熱迎接父親回家時，爲的是提出無論如何都想養狗的要求。而且，她還說非養拉布拉多犬不可。石崎完全不熟悉寵物界的行情，工作上也沒接觸過這方面的書，當下只是「嗯嗯」了幾聲帶過。後來聽美彌子說才知道，純種拉布拉多幼犬一隻要價幾十萬圓，怎麼可能養得起。拒絕了麻子的要求，讓她氣得不得了，後來差不多有十天的時間，就算坐在一起吃早餐也不跟石崎說話。

再上一次，是麻子說自己已經國二了，想要擁有一台專用電話。這件事也被石崎毫不留情地否決。那次，麻子對石崎視若無睹了整整兩星期，一看到他就露出看到殺父仇人的眼神。這也是後來聽美彌子說才知道，麻子的朋友多半都有自己的電話。畢竟是現代小孩，自己專用的電話當然是指手機。雖說現在行動電話不像以前那麼昂貴，也不能因爲這樣就隨便買給小孩。這是石崎的想法，所以到最後仍堅持不能買給她。站在母親的立場，美彌子同樣反對給麻子買手機，只是每次遇到與孩子意見不合時，她都拿石崎當擋箭牌——爸爸說不行所以不行——到最後，麻子的攻擊還是全都集中在石崎身上。

換句話說，每次麻子拜託什麼事時，不但要求本身不好應付，一旦拒絕，後果更是可怕。麻子手持傳閱板走進廚房，坐在自己的椅子上，嘴角還帶著笑。美彌子看起來心情也很好。石崎趕緊吃完飯，接過妻子遞上的茶杯。他酒量不好，只要喝一點，走起路來就會歪歪扭扭，對日本茶卻是很講究。雖然過著儉樸的生活，平日裡喝的就是最高級的玉露茶，對石崎而言，這是唯一的奢侈享受。

然而今夜，連玉露喝起來香氣都像少了一半。石崎忐忑不安，這一年多來，對他這個做父親的來說，獨生女成為不知該如何應對的存在，今晚更不知道她又打算提出什麼要求。

「爸，你看傳閱板了嗎？」

麻子遞出傳閱板。陳舊的灰色傳閱板上，挾著一張薄薄的B4紙。石崎看一眼就知道，那是平常町內會的通知書。

「傳閱板怎麼了嗎？」一邊這麼說，一邊接過傳閱板。

「總之你先看嘛。」美彌子說。

石崎原本還在戒備模式內，讀了內容先是吃驚，然後忍不住噗哧一笑。鬼魂出沒引起騷動這種事還是第一次聽說，聯合會長竟然特地為這種事發了一封「懇請鄉親協助」的通知書，感覺相當滑稽。

「喂喂，這是什麼跟什麼啊？」

「一點也不好笑。」一如她所說，麻子語氣很認真，「我們學校也有人晚上跑去水上公園被恐嚇勒索，甚至有人被毆打受傷，住院住到最近喔。」

「欸？這麼嚴重啊？」

石崎臉上失去笑容，目光再次落在通知書上。

八之町町內會如字面所示，由包括石崎家所屬岩田町在內的海砂地區八個町聯合組成。會長三島先生兼任隔壁石川町的町會長，是經營地方上知名不動產公司的企業家。因爲工作性質造成作息不規律的石崎幾乎沒參加過町內會舉辦的活動，私下倒是和三島先生有一點交情。前年春天，三島先生爲他的父親慶祝八十八歲大壽，打算出版父親的自傳作爲紀念，找上石崎任職的原島出版社編輯與發行。

原島出版社主要出版與日本史相關的書籍，是間不起眼又偏學術的出版社。從編輯、業務、廣告到總務各部門加起來，員工總數只有二十二人。在規模普遍不大的出版業界更稱得上是小公司。出版品的品質與格調雖是品質保證，進入平成時代不久就遇上了探底的景氣，光靠本業的出版品不足以支撐經營。於是，五年前開始爲想自費出版的人提供外包編輯。說來諷刺，現在外包編輯部成了公司裡收益最高的部門。尤其是自傳與散文，上門委託編輯的自費出版者從沒少過。在帶著原稿上門委託的自費出版者中，出自傳的多爲年長者，出散文集的則多半是二、三十幾歲的人。兩者雖有世代差異，進入這個時代之後，社會上的人似乎都已嘗到「談論自己的快感」。

三島先生要幫父親出自傳的事之所以找上石崎，只是他碰巧聽人提到住隔壁町的石崎任職於出版社，便毫無預警造訪石崎家，表示自己想出書，不過不知道該怎麼做，不如請教專家最快。三島先生年紀比石崎大上許多，當時已經六十幾歲，但他個子高大，腦筋動得快，最重要的是爲人直率，相處起來如沐春風。第一次見面時，他似乎不知道石崎任職的原島出版社有自費出版的業務，一聽完說明，立刻說要請石崎介紹責任編輯。一臉認眞表示這也算是某種緣分，經營事業不能不重視緣分，最重要的是人與人之間的連結。後來石崎才從三島先生部下那裡聽說，這是他的座右銘。

既然是這樣的人，當然對町內會的活動也很熱心。那時，他已經當了町內聯合會整整十年的會長了。有時還聽人說，三島會長說的話比某些沒用的區議會議員更有影響力。這並非指他不當干涉公家機關運作，而是至今做出的成績與累積的人望，讓公所也不得不傾聽他的意見。基本上，三島先生待人親切，古道熱腸，其中他最喜歡的就是小孩子。除了擔任町內會聯合會長外，還兼任兒童聯合會會長。儘管他本人的小孩早已成人，至今還找不到其他更適任的會長人選。

這樣一個人，用自己的名字發行傳閱板通知書，文章一定也是他自己寫的。唔，這件事果然不能笑著帶過。重讀了通知書兩三次，腦中浮現三島先生的臉，石崎開始這麼想。

「是說，鬧出這次鬼魂騷動的命案是什麼事啊？」

「討厭啦爸爸，你竟然不知道？」麻子擺出輕蔑的眼神，「你老是在室町時代或戰國時代裡忙得團團轉，對現代的事眞是一無所知耶。」

根據麻子的說明，那樁「鬧得可大了」的命案是這樣的：

今年一月十六日，成人式隔天早上六點左右。一位在水上公園遛狗的家庭主婦，經過幾乎位於橫長形公園正中央，有「涮涮池」之稱的池塘時，發現一個長頭髮女人的屍體卡在池內踏腳石之間。女人正面朝下，上半身趴在踏腳石上，下半身泡在池水中。身穿焦糖色大衣與大紅色迷你裙，沒穿鞋子。

那位家庭主婦臉色瞬間發青，拉著小狗全速狂奔，衝進距離最近的派出所。她說自己雖然沒有靠近屍體，只站在池子邊看了一眼，但這一眼就能看出人已經死了。說的也是，深冬早晨穿著衣服泡在池水裡的瘋女人也不多吧。

警方立刻趕往現場，當天中午就查出了死者身分。那是一位住在水上公園附近的十七歲女高中生，前一天傍晚出門後就沒回家，家人也正在擔心。根據驗屍結果，她身上有許多剛造成的毆打傷痕，左手肘骨折，頭上也有撞傷。要是發現得遲一點，光是這些傷勢就足以致命。不過，死因出乎意料的是凍死。換句話說，她先是被人狠狠毆打，再被推入、或自己失足跌落池中，頭部可能撞擊池底或池子邊緣造成昏迷，就這樣泡在大冬天幾乎結凍的冰水裡失溫死去。說來真是殘酷的案件。

回溯當時的記憶，石崎想起那陣子，自己為了初春出版的資料書，跟在書寫速度慢得出名的作者身邊，過著經常得去對方家中校對的忙碌生活，每天幾乎只為了睡覺才回家。沒看報紙也沒看電視，才會對那起命案一無所知。美彌子和麻子在家或許談起過，但是不管怎麼說，那時的石崎在家幾乎沒和她們有過像樣的對話，也就不知道這件事了。

「連電視節目都來採訪了喔。」麻子笑著說。

「爸爸太不食人間煙火啦。」美彌子跟著發難。

石崎搔了搔頭，「連生活情報節目都報導嗎？」

母女倆異口同聲說，何止是報導而已，事情鬧得那麼大。

「我還從很近的地方親眼看到播報員眞野陽子喔。眞的，距離差不多只有兩公尺。」

石崎連眞野陽子是誰都不知道，只能擺出「哇、好厲害喔」的表情，催促她們往下說。

「連續三天吧，電視節目每天都在報這件事。製作單位不但去了商店街，還來我們學校採訪，連小角落都不放過。他們找上各種人問話，佐子就接受採訪了。你記得嗎，就是住在水上公園旁邊那棟公寓的佐子。」

「後來有段時間，採訪的人都沒來了，町內也恢復平靜。可是，發現屍體的正好一星期後，兇手被逮捕，再次引起一陣大騷動。」

兇手是住在新宿區內某公寓的二十歲大學生。他是受害女高中生的「男朋友」，兩人交往了一年多。聽說因為她提出分手，他一氣之下便痛下殺手。

「他好像說自己原本沒打算殺人，只是揍了那個女生，但是她掉進水池。看到她身體一軟沉進水裡，自己才會嚇得逃跑，還說事情就是這樣而已。」

什麼叫「就是這樣而已」，光毆打對方就很嚴重了，要是真的沒打算殺人，看到對方昏迷掉進水裡，是人都會急著跳下去拉她上來吧。

兇手已成年，新聞報導直接打出他的名字和照片。男人名叫淺井祐介，長相據麻子的說法是：

「粗粗魯魯的，看上去頭腦不太好。」

警方之所以找到淺井祐介，原因大概不外乎從被害人手機通訊紀錄找到的線索。另外，被害人想和淺井分手的事，她身邊的朋友都知道。被害人家裡有父母和小她兩歲的弟弟，他們也聽過淺井的名字，大概知道他的為人。雖然不清楚被害人和淺井的交往程度等細節，但也知道她「被一個年輕男人糾纏」。事實上，之前他們就看過幾次深夜把車停在家門外的年輕男人叫她出去或送她回家的情形。不過，正確來說，被害人對那個年輕男人抱持何種情感，她的家人是完全不知情，也沒打算了解過——麻子說，這些都是來自新聞情報節目的資訊。

「眞是奇怪的親子。」石崎這麼說，「家有青春期女兒，應該多付出一點關心才對吧。」

麻子轉動眼珠，露出若有深意的眼神，自以爲是地發表了「正因爲是青春期的女兒，關心起來更不容易吧」的狂妄言論。

「好了啦，沒關係。麻子，妳不是有事拜託爸爸？不快說的話，妳爸爸都想睡覺嘍。」

這麼一說，石崎才想起明天得早起出門。

「我的意思就是，那個遇害的女高中生完全是被害人，只因對不喜歡了的男友提出分手就被殺害。明明只是這樣——」麻子握緊拳頭，揮了幾下，「兇手被抓到後不久，外面卻出現與她相關的惡劣謠言，說那個女高中生援交啦，嗑藥啦，謊報年齡在色情行業工作之類的。」

石崎問什麼是「ㄩㄢˊ ㄐㄧㄠ」，原來是指「援助交際」。女學生和成年男性交往，藉此獲取零用錢，這就叫援交。嗑藥就是吸毒，這個石崎也知道，但是聽到自己女兒口中毫不猶豫冒出這些名詞，心情還是頗受打擊。

麻子似乎毫不在意，反而應該說，她眼中燃著熊熊正義之火。

「那種謠言根本無憑無據，可是，把她說成那種女生的傳聞卻不斷傳開來。」

「爲什麼會這樣呢？」

「因爲，把她講成那種女生讓人比較安心啊。因爲她是那種不良少女，被那種男人殺掉也是沒辦法的事。大家都想這麼說服自己。萬一她是個超級模範生，是那種附近鄰居無人不誇獎的好孩子，這樣的人被過度執著的男朋友殺死，會讓大家深受打擊，既難受又恐懼。畢竟如果這麼說的話，等於承認自己或自己的女兒與人交往時，只要一個不小心就有可能遇上一樣的事。大家都害怕這個啊，所以才會貶低死者，把她說成遇上那種事也無可奈何的人。因爲只有這麼說，才能把自己和她做切割。」

原來如此——石崎一邊這麼想，一邊慢慢喝茶。

「妳口中的『大家』，是怎樣的『大家』呢？住附近的人們嗎？」

「住附近的人們也有啦。」麻子似乎因爲自己說的話而激動，噘起嘴巴，「學校裡的人也是啊。」

「哪間學校？被害人的學校？」

「我不知道她讀哪所高中，聽說是在板橋那邊的女高就是了。」

「什麼啊，妳不知道喔？」

「我說的是自己讀的學校啊。」麻子更生氣了，「她是我學校的畢業生。」

石崎終於搞懂了。換句話說，那些關於被殺害女高中生的傳聞，就在麻子身邊流傳，已經滲透她的日常生活。那位女高中生幾年前只是個國中女生，那所國中的人對她記憶猶新也是很正常的事。

「她當時的導師還在我們學校……」

「謠言是那個老師散播的嗎?」

「其中一個是。」麻子的眼神更加憤怒。

「教數學的山埜老師。是個中年大叔,但也負責學生的生活指導,原本就是個討人厭的傢伙。他滿不在乎地到處跟人家說那個女生的壞話,說她從以前就是不聽管教的不良少女。真的氣死人了。可是,教美術的小川老師也認識那個女生,人家就沒有說這種話。可能因爲彼此都是女生吧……」

「可是啊,麻子。」

石崎察言觀色,小心翼翼開口。最近父女之間的權力關係一直是這樣的。

「現在妳還不能肯定那些傳聞百分之百都是捏造的吧?說不定她眞的是那種女生啊,妳想過這個可能性嗎?」

石崎知道說這話可能惹得麻子更生氣,意外的是,她竟然稍微低垂了視線。

「妳看吧,麻子。」美彌子窺看女兒的表情,「就跟妳說爸爸應該會這樣講,媽媽說得沒錯吧?」

更讓石崎意外的是,麻子的臉有點紅。望向妻子美彌子,只見她面露微笑。

「麻子啊,妳就說出來吧。悶不吭聲爸爸也不會懂啊。」在美彌子的催促下,女兒抬眼看了看母親,動作莫名扭捏。

美彌子嘆口氣，替石崎換了杯茶。

「麻子她啊，最近交了男朋友。」

石崎仍在廚房椅子上坐得好好的，卻有種自己差點跌下去的錯覺。一方面是話題忽然轉變，一方面是察覺這乍看之下大轉變的話題，其實才是今晚眞正的主題。雖然這察覺是來得遲了點。

「男朋友，妳——」

只說了這幾個字，嘴巴一開一闔。

「他不是壞孩子喔。」美彌子急忙補充，「也來過我們家，很少看到像他那麼懂事的好孩子呢。個性滿好勝的，最近軟弱的男孩子很多，那孩子可說難得一見。」

石崎喝下剛端上的茶，用力得幾乎要咬上茶杯。茶很燙，但他忍住了。心想，美彌子一點也不明白。十四歲的寶貝獨生女交了男朋友，就算對方是大財團老闆的公子，對石崎來說仍是「壞孩子」。因爲「男朋友」這種人的屬性本來就是邪惡。

「他叫加山。」這次輪到麻子一邊看著父親的臉色，一邊小聲這麼說，「加山英樹，我們一起參加籃球社。」

這樣啊，是喔是喔。石崎再次咬住茶杯。

「加山同學跟那個女高中生很熟，他們家住附近，從小一起長大。」

石崎忍不住說：

「怎麼可能，那個女生十七歲，不是嗎？比他大啊。」

「只差三歲，對小孩子來說不算什麼吧。」美彌子幫忙緩頰，「加山同學也是獨生子，直到小學四年級前，那個女生都把他當自己弟弟一樣疼愛。」

「這些事，妳都是聽那個叫加山的孩子說的？」

美彌子有些退縮，但仍點了點頭。

「嗯，是啊。」

石崎愈來愈認爲這個叫加山的少年是邪惡的東西。才剛開始交往就懂得拉攏女方母親，一定不是什麼好男人。

「聽加山同學說，被殺害的女生和外面謠傳的完全不一樣。她剛上高中時確實有段時間生活糜爛，讓附近鄰居擔心了，但那也只是一時的。」

「她高中沒考好，進了不想讀的高中。」麻子說，「因此不想上學，交了一些壞朋友……可是，上二年級後就改過自新，爲了考上大學認眞讀書了。」

石崎把茶杯放在桌上，回過神時才發現自己深深地嘆了口氣。原本沒打算這麼做的。

「原來如此，麻子的情報都來自那個男朋友？」

母女倆彼此看了一眼，算是回答了石崎的問題。

「所以妳現在想怎樣？和男朋友同心協力，為被殺害的女生洗刷污名？是嗎？」

說完，石崎哈哈大笑，連麻子回答的「嗯」也沒聽見。

「嗯，我是想這麼做。」麻子重複一次，「我想拿這件事當暑假自由研究的作業題材，題目就叫『那起案件的後續』。」

石崎張著笑開的嘴巴，表情就此凍結。

「妳說什麼？」

石崎剛才那麼說，是因為根本不認為麻子會想做這些，也因此才笑得出來。沒想到，女兒的表情非常認眞。

「我希望讓學校裡的大家都知道。」麻子熱切地探出身體，「不然，這眞的太過分了。死掉的人無法辯解也無法說明，她已經無法為自己做任何事了，只能任人家高興怎麼說就怎麼說，這太可憐了。」

「案件發生不久，她的家人就搬走了。案發現場幾乎就在家門口，一定讓他們很難受吧。」

「所以沒有人能為她辯護了。」

石崎大聲說：

「那也輪不到麻子妳跳出來做這件事啊！」

「你根本沒搞懂，主導的不是麻子，是加山同學。麻子只是從旁協助。」

光咬茶杯已經沒用了，石崎真想捏緊拳頭。可是不管怎麼用力捏，茶杯也捏不破。捏得手都痠了，只得把茶杯放回桌上。忽然覺得筋疲力盡，真的好累。

「順利的話，透過這份報告讓大家知道眞相，或許還能解決鬼魂出沒的騷動。所以我們現在幹勁十足，已經在學校裡找很多人打聽過了，也獲得了不錯的成果。」

麻子看似一步也不打算退讓。聽到她一下子就把「我們」兩字掛在嘴上，再次打擊了石崎做父親的心。

「然後啊，那些惡劣的傳聞和鬼魂出沒的謠言是從哪裡傳出來的，我們也大概有個底了。」

石崎心頭一驚。這個男人基本上頭腦很好，遇到含糊不清或道理說不通的事情時，他馬上就能察覺，也無法放著不管。

「關於那個女生的負面傳聞，這部分我懂。」他急急地說，「可是麻子，這件事和傳閱板上說的鬼魂出沒騷動，完全是兩回事喔。她會變成鬼魂出現在案發現場，和她生前品行好不好無關吧？變成鬼魂出現是因爲她遭人殺害，死於非命，這完全是兩碼子事。但聽妳剛才的說法，已經將兩者混爲一談了。這樣出發點就搞錯了啊。」

麻子笑出來，「抱歉抱歉，是我說明的技巧太差了。」

「兩件事是有關聯的。」美彌子也笑著說。

按照順序來說，與被殺女高中生有關的負面謠言先開始散播，不久之後才發生鬼魂出沒騷動。換句話說，「鬼魂出沒騷動」這件事本身，可視爲女高中生負面傳聞的一部分。

「大家都說，出現在水上公園的她的鬼魂會跟男人搭訕。」

麻子的表情愈發憤怒了。

「也就是說，在背後支持這場鬼魂騷動的，就是她援交……賣春的謠言。先有她跟男人搞七捻三、淫亂又愛錢的傳聞，連死後的她變成鬼魂都會跟路過公園的男人搭訕說『叔叔，要不要跟我交往？』」

謠言還說，萬一不小心出現在女人面前，鬼魂就會吐口水跑掉。石崎瞬間冒出「鬼魂的口水會是什麼東西」的念頭，不過這不是重點。

「我還聽到站在超市外面聊天的人說那個鬼魂沒穿胸罩也沒穿內褲呢。」美彌子補充了驚人的情報。

綜觀這整件事，石崎終於明白三島先生爲何寫出那麼正經八百的傳閱通知。因爲出現沒穿胸罩和內褲的女高中生鬼魂，地方上的小孩和年輕人才會紛紛跑去水上公園看熱鬧。

說起來還眞丟臉。

「所以，我想拜託爸爸一件事。」

麻子凝視著父親。石崎做好心理準備——重頭戲終於來了。

「關於散播謠言的人是誰，最後鎖定了三個人。開始放暑假後，我們打算去採訪這些人，希望到時候爸爸跟我們一起去。」

儘管說是爲暑假作業寫的報告，讓兩個小孩自己去做這事未免危險，加上石崎是個職業編輯，採訪別人和統整內容是他最擅長的事。

「可是，把這麼重要的任務交給爸爸去做，就不算你們自己寫的報告了啊。」

「哎呀，寫報告的人還是我們啊。爸爸充其量只是支援。好不好嘛？要不然，惹對方生氣的話豈不是很可怕。」

石崎大傷腦筋。可惡的麻子，妳很知道爸爸的弱點嘛，還專挑特定弱點攻擊。

「好不好嘛？可以吧？拜託你了，爸爸！」

最後麻子祭出撒嬌炸彈，順利攻下了人父石崎。

3

遭殺害的女高中生名叫八田亞由美。

麻子不知天高地厚地製作了一份給爸爸用的筆記。說是距離暑假還有五天，要他得在那之前做好預習。

「不把截至目前爲止已經查明的事記起來，之後會很傷腦筋喔。」

石崎有點火大，心想「到底把妳爸當成什麼了」，不過，終究還是讀了那份筆記。正好最近手邊工作不忙，坐在編輯部辦公桌前，裝作閱讀原稿的樣子。

一讀之下，意外發現麻子文章寫得很好，不禁高興起來。龍生龍、鳳生鳳，我生的孩子果然流著我的血——石崎也是個寵女兒的老爸。

筆記中附上八田亞由美照片的彩色影本，聽說是去年夏日祭典時跟鄰居一起拍的。地方上的祭典以粗獷聞名，不過近年也開始有英勇的女性加入扛神轎的行列。那張照片就是如此，各種不同年齡層的女性頭上綁著頭巾，身穿祭典服與白短褲，腳踩足袋，一身符合江戶美學的打扮，對著鏡頭笑。其中，只有八田亞由美穿的是花色豔麗的夏季洋裝，長髮垂落雙肩。這或許也是先入爲主的偏見，石崎總覺得她給人輕佻的印象。

是個美女——或許可以這麼評論。這女孩五官端正，照片裡的臉龐看起來化了妝。不過，當今社會女高中生化這點妝也不是新鮮事了。就連一大早的通勤電車裡，身旁穿制服的女高中生身上都會飄出濃郁的香水味，教人驚訝得說不出話。現在這個社會，這樣的事一點也不稀奇。石崎的同事還說，曾在身邊抓住吊環的女高中生脖子上看到清晰的吻痕呢。附帶一提，那位同事沒有女兒，經常對此表達遺憾，唯有那天慶幸自己生的不是女兒。

麻子在筆記第一章中簡單整理了八田亞由美遭人殺害的命案情節及人物關係。進入第二章後，才正式展開對謠言內容的分類與分析。

首先是關於亞由美品行惡劣的負面傳聞。這類謠言可大分爲三類。

①她從事援助交際（賣春行爲）。

②她吸食毒品成癮。

③她國中時，因偷竊與不正當的異性往來，曾遭警方多次輔導。

從①衍生的謠言，還包括兇手淺井祐介與亞由美正是透過賣春結識的說法。謠言中說亞由美使用手機的「留言撥號」進行援交，也透過這個，展開和淺井的第一次接觸。

麻子說，加山英樹全面推翻③的謠言內容。他說，如果亞由美眞的接受過警方輔導，事情一定會在當時鄰居之間傳開來，必然也會傳進他的耳朵。但是，他連一次都沒聽過這個傳聞。

根據麻子和加山英樹在學校裡四處打聽的結果，這個輔導傳聞的出處，似乎正是激怒麻子的生活指導老師山埜。麻子他們找了二十六位同學探聽，其中多達十八人證實這件事是直接從山埜老師口中聽說的。這十八人中又有十二人是山埜老師擔任顧問的田徑隊隊員。

石崎沉吟了片刻。假設接受輔導是事實，不得不說身爲教師，這位山埜老師也太管不住自己嘴巴了。問題是，這頂多只能說老師大嘴巴，仍無法當作辨別謠言內容眞僞的依據。畢竟接受警方輔導這種事並不光彩，當事人或她的家人肯定不會輕易告訴別人。學校就不一樣了。一且學生被輔導，警方一定會通知學校。鄰居或兒時玩伴不知道的事，負責生活指導的老師知道也不奇怪。不過，需要特別注意的是「遭多次輔導」的說法。說不定實際上只被輔導過一次，隨著謠言傳開，次數或許就被加油添醋了。

調查①和②的謠言，不像③這麼容易有進展。包括學長學姊在內，麻子他們找了六十八人打聽，幾乎每個人都把從朋友或家人那裡聽到的話，又轉述給其他朋友或家人聽了。

值得注意的是，六十八個人裡，有十三個人表示「從八卦雜誌報導得知謠言」或「從看了報導的家人那裡聽說的」。於是他們去了圖書館，一一查閱命案發生時市面上主要的八卦雜誌，發現發行量最大的兩本八卦雜誌分別刊登了如下報導。

——被害人品行不良，有吸毒可能。

——被害人對金錢揮霍無度，交友廣泛，利用留言撥號方式和男人出遊。

至此，石崎不由得佩服起來，麻子做得真不錯。

正好午休時間到了，石崎就先闔上筆記外出。徒步五分鐘可到的地方有一間都立圖書館，他毫不猶豫往那裡走去。目標是借閱那兩本八卦雜誌的過期號，因爲麻子連幾月號都寫在筆記裡，很快就找到想看的報導了。

確認過報導內容，石崎微微皺起眉頭。

報導內容確實和麻子發現的一樣，但是，麻子引用的文章只是一部分，並非報導全文。兩本週刊報導在進入正文前，都有很重要的一句話，痲子整理的筆記裡卻未引用。那句話是對記者情報來源的說明。

根據被害人就讀之私立高中相關人士表示——

被害人就讀學校相關人士表示——

這才是最重要的地方。

石崎急忙轉身回公司，顧不得午餐了。一回到位子上就打開痲子整理的筆記。

繼續往下讀，筆記裡還是沒有出現八田亞由美就讀高中的事。

這樣可不行。石崎相當失望，不過也能夠理解，畢竟就是這麼一回事。

痲子——或者應該說提議展開這次調查的加山英樹，大概無法忍受從小一起長大的溫柔鄰居姊姊的印象被破壞吧。因此他雖然展開調查，到處找人打聽消息，一旦過程中出現可能違背他內心期待的事，他就無法正視那些事實。痲子這份筆記，裡並未出現與八田亞由美高中導師的談話，看起來他們甚至沒有聯絡過對方，也不曾接觸八田亞由美的高中同學。筆記內一概沒有這類文章，也沒有預計留下這類紀錄的計畫。

如果去採訪她的高中老師或同學，得到的可能是像國中老師或同學那樣的謠言或誇大證詞。然而，不去談談就不知道結果到底怎樣。唯有接觸高中的相關人士，才最能拼湊出升上高中後八田亞由美眞實的生活樣貌。捨棄這最重要的關鍵部分，一味義憤塡膺指責散播謠言的人捏造事實，這實在不夠深思熟慮，也太孩子氣了。話說回來，麻子和加山英樹本來就還是小孩子，說起來也無可奈何。

人是會變的。即使下定決心不改變，還是有可能改變，所以人生才會這麼滑稽、這麼悲哀，又這麼充滿滋味。小時候溫柔照顧人的鄰居姊姊，當然也可能走上她所疼愛的小弟弟完全意想不到的歪路。麻子這年紀的少年少女，正因爲自己在改變途中，反而無法察覺到這一點。還以爲自己停止不動，都是周遭在動。這其實是錯覺，動的是自己。

筆記第二章，關於八田亞由美負面傳聞的調查，不過找到了兩本八卦雜誌的報導後，立刻就像挖到寶似地做出結論：一切都是八卦雜誌的錯！石崎比自己想像得更失望，得先抽根菸才有辦法繼續往下讀。順便還去了公司附近的蕎麥麵店吃午餐，只是，這碗麵吃起來索然無味。

回到位子上，開始繼續讀第二章時，石崎心裡也大致有個底了。以麻子的年紀來說，文章算寫得很好，調查能力也不錯，讓身爲父親的自己得意忘形起來，這點應該反省。讀了文章之後，找出她的缺點和補強點就是石崎的任務之一。必須盡可能冷靜面對整件事，畢竟自己是這方面的專家。

第二章後半部，寫的是鬼魂出沒謠言的出處調查。這方面的謠言，內容比八田的負面傳聞種類更多，麻子光分類就費了好一番工夫。不過，總算勉強分成了五類。

①女高中生的鬼魂站在涮涮池邊，對人招手。

②穿制服的女高中生鬼魂站在涮涮池裡哭泣。不知那是鬼魂的人如果出聲喊她，她就會追過來。鬼魂的速度很快，被追上就會遭到鬼魂作祟。

③只穿內衣褲的女高中生鬼魂，向經過水上公園的男人搭訕，問對方要不要跟自己交往。拒絕的話她就會消失。搭訕的對象如果是女人，鬼魂就會吐口水然後消失。

④身穿迷你裙的女高中生鬼魂站在涮涮池旁。沒有穿內衣褲，有點色情的味道。

⑤沒有五官的女高中生鬼魂走在水上公園內，看到路人就追上去，被追上的人最後會溺死。

石崎不禁苦笑。

引起騷動的來源，果然還是③和④類型的謠言。①、②、⑤的謠言明顯看得出受到都市傳說影響，比方說鬼魂跑得很快這部分，完全複製了過去「裂嘴女」的都市傳說。

五種類型的謠言，都有不只一人證實聽過，麻子也在分類數字下註記了證詞數量。不過，旁邊還有兩種無論如何都歸納不入上述五類的謠言。

⑥涮涮池旁出現被殺害女高中生的鬼魂，她臉色蒼白，手上提著束口袋。

⑦穿迷你裙的女高中生鬼魂在水上公園內徘徊，神情非常哀傷，請求路過的人幫忙超度。

提出⑥證詞的只有一個人，連名字都附上了。是一位住在水上公園對面國宅的青年，名叫朝倉琢巳。這名青年和其他證人還有一點不同，關於鬼魂的事他不是聽來的，而是親眼目睹。

聽說那是五月下旬的事，深夜一點左右，朝倉經過水上公園，遇到了鬼魂。不過，他說並未特別感受到危險。

這個叫朝倉的青年，在海砂地區的某間補習班當老師，所以最早聽他講起目睹鬼魂這件事的是他的學生。當時水上公園出現鬼魂的謠言已經散播開了，朝倉老師又是上課前講起這件親身經歷，在補習班學生之間引起一陣騷動，紛紛詢問「老師當時有什麼感覺」。只聽過傳聞的學生，意外得知朝倉老師竟然親眼看過鬼魂，好像都很興奮。

只有一點，當聽到他說「鬼魂手上提著束口袋」時，眾人都感到疑惑。實際上，其他種類的傳聞中，女高中生手中都沒有提著任何東西。手上提著東西的，只有朝倉版本。此外，手上提的是「束口袋」，這點也很突兀。所以，這個內容的傳聞只有一個版本，不少學生都知道「朝倉老師看到提著束口袋的鬼魂」。老師本人對「束口袋」的記憶似乎不很肯定，只有剛開始時說得很認眞，後來就訂正爲「應該是自己看錯了」。另外，學生之中也有人認爲這番目擊證詞是朝倉老師編出來的謊話。

提到⑦「神情哀傷」版本傳聞的則有三個人。三人都不是親身經歷，只是聽來的。石崎認爲，這三人應該都是個性溫柔體貼，父母篤信宗教的人。

筆記來到第三章，麻子在這一章裡說明了今後的計畫。

關於「突擊採訪的對象」。

・洗衣店的石井太太。

・山埜老師。

・朝倉琢巳老師。

舉出了這三人的名字。

洗衣店的石井太太，大概是美彌子也常提起的洗衣店老闆娘吧。這位婦人是町內出了名的「廣播電台」，有的沒的都能講，只要事情一對自己不利，就把自己講過的話忘得一乾二淨。

在麻子他們的調查中，也發現關於八田亞由美國中時代品行不良的負面傳聞，正是以這位石井太太爲中繼站擴散開來的。麻子在這段筆記上畫了一個驚嘆號，註明「石井太太甚至到處跟人說亞由美的媽媽水性楊花」的但書。看來她一定很生氣。

雖然不是不明白她的心情，但石崎心想，這下可不太妙。任何社區都有一兩個這種「廣播電台」，想一一撲滅是不可能的事，做了也只是白費工夫。只要不到破壞名譽或引起訴訟官司地步的大問題，放著這種人不管才是上上策。

在這位石井太太口中，石崎自己也被說成「在什麼時候倒閉都不奇怪的窮酸出版社工作，萬年升遷無望的普通上班族」。還說「證據就是石崎先生的西裝全是單薄的便宜貨，內襯都是補丁」。但是，美彌子根本從來沒把石崎的衣服送到石井洗衣店過。「因爲他們家洗衣技術很差啊」，美彌子這麼說。她還說，從來沒人把石井太太說的話當眞。

第二個採訪對象是山埜老師。嗯，如果孩子無論如何都想直接找他問話，自己跟著一起突擊採訪是比較好。不過，結果肯定不會太愉快。再說，想知道八田亞由美是否曾被警方輔導，還有更直接的方法。石崎多少認識一些這方面的管道。

第三位朝倉琢巳是親眼目睹鬼魂的寶貴證人，實際去見個面應該會挺有趣吧。既然是年輕人，跟麻子他們可能也比較好溝通。不過，無法保證這個年輕人是不是沉溺於精神世界或超常現象的人。人會看見自己想看見的東西。說不定他是那種只要想看到話題鬼魂就能清楚看見的人。

石崎闔上筆記，揉揉眼睛。刻意不提八卦雜誌報導的情報來源，光憑這點，麻子——麻子他們的這份報告就失去存在價值了。說失去價值或許言過其實，至少可以說「失去他們想追求的意義」。身爲父親，也身爲將文章內容傳達給世人的一介編輯，必須好好跟麻子談談這方面的事才行。

「你這麼專心是在讀什麼啊？」

背後傳來招呼聲，澤野小姐探過頭來。她是比石崎年長八歲的實力派編輯，剛進公司時，教了石崎不少工作訣竅。後來，連養小孩的方法和平息夫妻吵架的祕訣都向她請教了。對石崎來說，澤野小姐是成人之後仍像親姊姊一樣可靠的大姊頭。

內心深處還是有著對麻子作文能力的驕傲。應該說，石崎根本很想炫耀這件事，於是說明了起來。澤野小姐起初靠著桌子聽，後來更從手邊拉張椅子坐下來，聽得很認真。

「只是小孩鬧著玩。」為了掩飾難為情，石崎笑著做了這個結論，「內容破綻百出。」

澤野小姐一臉嚴肅搖頭，「沒這回事，麻子很了不起呢。我好感動。」

「妳太誇張了。」

「你這個做人家爸爸的怎麼還沒搞懂。沒錯，在八卦雜誌報導這邊是犯了失誤。可是整件事很清新啊。現在很少看到這麼正派的小孩嘍。再說——」

澤野小姐探身向前。

「你問麻子為什麼這種無聊謠言會四處流竄時，她的回答最教我佩服。」

——把她講成那種女生，讓人比較安心啊。

——所以才會貶低死者。

「她說得完全沒錯。不過，這可不是隨便哪個國中生都能想到的事喔。真了不起。」

「是這樣嗎？」石崎有點不好意思。

「你記得嗎，我去年不是一直在做收集江戶時期民間傳說的書？」

那是一套大部頭著作，作者是位民俗學者，聽說做完總共五冊的這套全集前，完全無法展開新的田野調查。

「其中有個關於『石枕』的故事，算是典型的民間傳說——」

山中有對會讓迷途旅人在自家留宿的好心夫妻，然而，事實是這對夫妻先殷勤地要旅人吃飯洗澡，等旅人放心睡著後，再殺死他們奪走錢財。

「他們讓旅人睡的床上，放著石頭做成的枕頭。趁旅人睡在石枕上，用鎚子敲打頭部致死。」

具體想像其中情節，令人不禁毛骨悚然。

「但是，這對夫妻有個女兒，始終無法接受父母殘忍的行爲。有一次，她和旅人調包，自己睡在石枕上。渾然未覺的夫妻，就這麼打死了自己的女兒。等到察覺時，一切已經無可挽回。」

換句話說，這是個闡揚因果報應的故事。自己所作的壞事，總有一天會報應回自己身上。口耳相傳的傳說，爲的就是傳遞這樣的訓誨。

「我跟作者討論過，我們以爲這種思考模式已經在日本人內心根深蒂固，不會輕易消失，可是仔細觀察最近的社會現象，似乎不是那麼一回事。再過十年，『做壞事會有報應』的想法，恐怕會從民間傳說繪本中消失。」

石崎也有同感。殺人傷人也滿不在乎的人，尤其在年輕人中，正以令人恐懼的速度增加。

「但是很有趣。或許不該用有趣來形容，總之很值得深思。『做壞事必遭報應』的思考光譜雖然逐漸失效，取而代之的是『下場悽慘的人一定曾經做了什麼壞事才會難辭其咎』的思考光譜開始運作。因爲，犯罪案件中被害人的隱私幾乎被忽視，大家明知不應該，還是想去扒挖、報導當事人的隱私細節，試圖從中找到某種和自己不一樣的『邪惡』要素。有些騙人的宗教也會說『遭遇災難的人一定曾做過壞事』，還有直說那就是報應呢。」

澤野小姐微微皺起眉頭。

「反過來說，這種想法不就等於，即使幾乎問心無愧，被殺死或被傷害的人還是增加了。換句話說，大家都擔心自己哪天也會遇到那種事，這種不安在群眾之間擴散開來了。」

「是啊……」石崎雙手環抱胸口。

「在水上公園被殺害的女生雖然可憐，至少抓到兇手了。記得是今年剛放完連假時吧，我家附近也有個年輕女生被殺了，好像是個短大生。那附近不少小規模的大學和專門學校。」

澤野小姐家位在中野區邊緣。

「因爲是半夜發生的事，大概是街頭隨機殺人。到現在都還沒抓到兇手喔。聽說是被勒死的，犯案現場一片狼藉，可見女孩子當時一定拚了命地抵抗。」

現在這社會眞可怕——說著，澤野小姐站起來，石崎順便把筆記收進手提包。

當天準時下班，也不像前一天晚上有人邀約喝酒，石崎立刻就回家了。夏天日照時間長，沿著地下鐵樓梯爬上地面時，傍晚的天色還很明亮。不經意地想，繞去水上公園看一眼案發現場再回家吧。反正也不算繞遠路。

已經很久沒去涮涮池那附近了。要是像第一發現者的那位家庭主婦一樣養狗的話，或許還會養成遛狗散步的習慣。別的不說，石崎的工作老是坐著，又經常忙得要死，連走路的機會都不多。

朝東西兩側拉長的橫長形水上公園有好幾個入口。估算大概的位置，從離涮涮池比較近的入口走入公園。現在這個季節，要是在公園裡走太久，一定會被蚊子叮得受不了。

不料，才進公園不久，在矮樹叢間前進幾步，就看到制服警員和兩、三個男人圍成一圈，不知道在講什麼，看似聊得很起勁。仔細一看，三島會長也在其中。一發現石崎，三島會長就「喔喔」地抬起手。

制服警員身旁停著腳踏車，石崎瞬間產生不好的預感。

「又發生什麼事了嗎？」

一邊點頭致意一邊走上前，大聲這麼問。另外兩個男人是町內會活動的幹事，石崎也見過。

「不是、不是啦，我們在和警察先生開會。」三島會長那張圓臉上滿是汗珠，「因為今晚要舉行祭典。」

「那可眞是……辛苦了。」

「眞是拿那些孩子沒辦法。」穿開襟襯衫的先生說。

「鬼魂什麼的，打從一開始就不可能存在啊。」制服警員旁邊那位先生也說，「人死了就什麼都沒了，也不可能再出來搗亂。活生生的人才眞的可怕，我勸說得嘴都瘦了，他們還是聽不進去。」

他們手上拿著地圖，是水上公園的導覽圖，上面用紅色鉛筆和藍色鉛筆畫出兩條路徑。

「孩子好像不是怕鬼，是覺得好玩。」聽到石崎這麼說，男人露出苦笑。

「您今天下班得眞早，接下來要去哪裡嗎？」

三島會長這麼問，石崎一時窮於應答。總不能說自己是來參觀命案現場的吧。

「天氣太熱了，想說走公園裡會不會比較涼快。」

「哈，那可不行。會被蚊子叮啊。」會長抓了抓自己粗壯的胳膊。

石崎想快點離開。但是，走回剛才進來的入口也很奇怪，便決定經過他們身邊之後，從下一個出口出去。沒想到下個出口意外地遠，怎麼走也沒看見，這下離家愈來愈遠了。好不容易走出公園，來到馬路旁時，已經全身是汗。

——咦？

水上公園形狀蜿蜒曲折，因此，即使只差一個出口，門牌地址也大不相同。石崎停下腳步，一邊拿手帕擦汗，一邊環顧四周。

這一帶有成排老舊的小公寓，還有一些倉庫。按時計費的停車場招牌反射著終於西沉的陽光。

——這麼說起來……

石崎忽然想起一件事。

——記得那個就在這附近，應該已經沒有營業就是了。

沿著道路前進，石崎尋找那塊招牌。不、應該說是霓虹招牌，太陽還沒下山也不會點亮吧……

——找到了。

看著那塊微微朝右傾斜的霓虹招牌，上面以片假名的金釘流字體寫著「阿爾罕布拉宮」。這是一棟三層樓建築，外觀有點中世紀城堡的味道。不過靠近仔細一瞧就知道是棟廉價建築，一眼就看得出是做什麼生意的。

這是一棟愛情賓館。

石崎走到建築物前，入口用欄杆擋著，釘上十字木條。好像曾貼上紙條，但不知道是被撕掉還是自行脫落，只剩下四個角落的黏膠痕跡。

果然已經停業，還是破產倒閉呢？無論如何，似乎都有一段時間了。

這棟建築在地方上人見人厭。說起來，也不知道業者爲何會來這種地方蓋這麼一棟建築。話雖如此，剛落成時生意還是很好，週末經常貼出「客滿」的告示。

已經是十七年前的事了，當時麻子當然還未出生。石崎和美彌子剛結婚不久，兩人曾來過這裡。就那麼一次，之前不曾來過，之後也未再來。

那時候，石崎和美彌子跟石崎的爸媽一起住。地址和現在一樣，不過那是房屋重建前的事，家裡空間連現在的一半都沒有。對新婚夫妻來說，住起來自然侷促。

正好也就是那時候，「阿爾罕布拉宮」在地方居民的猛烈反對中開幕。看到信箱裡的廣告傳單，石崎的母親火大極了。但是，美彌子卻記住了這件事，偷偷拜託石崎，要他結婚週年紀念日那天帶她去。

——我從來沒去過愛情賓館啊，一直想去一次看看。既然剛開幕，一定還很乾淨，費用也是特價。

嘴上這麼說，其實只是想要不受打擾的夫妻獨處時光。石崎當年領著便宜的月薪，不用指望他帶妻子出門旅行，這點美彌子再明白不過。

最後，對父母謊稱要去看電影，兩人一起出了家門。要看電影的話，JR車站前就有電影院。再說，深夜也沒有電影上映。因此，既然已經找了這個藉口，兩人只好傍晚就出門。

平常去JR車站都騎腳踏車，爲了圓謊，這天也非騎腳踏車不可。兩人正經八百地跨上腳踏車，一離開家就笑得停不下來。實在太好笑了，笑到流眼淚，腳踏車一下往左偏、一下往右偏。看在路過行人眼中，一定十分莫名其妙。

石崎記得很清楚，現在變成水上公園的這塊地當年還是運河。騎到運河沿岸，行人忽然變少。把腳踏車停在路邊，美彌子那輛車就這麼放著，改成用石崎那輛車載她。是美彌子說想這麼做的。

——我好高興、好高興。

攀著石崎的背，美彌子這麼說。

石崎也很高興。秋老虎威力未減的酷熱九月上旬，深橘色的夕陽照在柏油路面上。夕陽下的兩人一邊唱歌，一邊朝「阿爾罕布拉宮」踩踏板前進。石崎聞到美彌子洗髮精的味道。兩人都還好年輕。

約莫一年後，調職的大哥接父母過去同住，現在的家就交給石崎和美彌子繼承，結束了與父母同居的生活。和父母生活在同一個屋簷下時一直沒懷上小孩，石崎的媽媽對美彌子說了好幾次難聽話，她都忍耐下來了。一結束兩代同堂，美彌子立刻懷孕，這也讓石崎心裡很難受。心想，至今實在太對不起她了。

那時懷孕生下來的孩子就是麻子。她今年也已經十四歲了。過了十四年，「阿爾罕布拉宮」成爲廢墟，只剩下回憶。就連這份回憶，要不是碰巧站在這棟建築物前，大概也只會沉睡在石崎心底。

站在「阿爾罕布拉宮」深鎖的大門前抽了一根菸，菸灰撢進總是隨身攜帶的口袋菸灰缸，石崎朝自家方向前進。天色終於開始變暗。

4

石崎對麻子說，給我一星期時間，爸爸要考慮一些事情。不過，妳的文章寫得倒真不錯。受到稱讚的麻子很開心。儘管很想知道石崎需要時間考慮什麼，她也沒有打破沙鍋問到底。

石崎之所以需要一星期時間，是因爲他想找的人很不容易聯絡上。對方是警視廳搜查一課刑警，在這凶惡犯罪頻傳的年代，聽說他連自己家都很少回去。

這個人叫北畠義美。石崎不確定他幾歲，大概比自己大五、六歲吧。名字看上去像可愛的女生，其實是個貨眞價實的中年大叔。

十年前，原島出版社出過一本記錄明治至昭和初期知名獵奇案件的怪書。當時出於作者的要求，採訪了好幾間書中案件實際發生時的轄區警署。石崎因而結識了其中一間大崎警署的員警，也就是這位北畠刑警。北畠刑警喜好閱讀，飽讀詩書，尤其喜愛歷史書籍。爲了答謝他的協助，石崎寄了幾本書給他，從此兩人私下也展開交流。話雖如此，彼此工作都忙，頂多一年幾次約在新宿一帶居酒屋喝酒談天。三年前北畠刑警調到警視廳後，就連相約見面也成了奢侈的事。

不出所料，這次果然一直無法順利聯絡上他。好不容易與他取得聯繫，已經是隔天就要進入暑假的七月十九日了。距離和麻子約定的期限，還有兩天。

約在兩人常去的店碰頭，北畠刑警遲到十分鐘左右。說是正要出門時，接到電話又耽擱了。石崎看北畠頭上多了一些白髮，北畠則說石崎胖了一點，還問「夫人跟小麻（註）最近好嗎？」北畠也有個女兒，雖然年紀不同，名字同樣叫朝子。石崎說「那傢伙好得不能再好了，小朝好嗎？」北畠才說，其實即將滿二十歲的朝子快嫁人了。「我早熟所以早婚，女兒好像也遺傳到這點了呢」，北畠刑警一臉害臊。

講了一會兒嫁女兒的事，趁酒意未深，石崎趕緊切入正題。從提包底部拿出麻子的筆記，開始說明。

職業性質的關係，北畠本來就擅長聽人說話，聽完抓了幾個重點，便迅速讀起麻子統整的筆記。只見他表情幾乎不變，讀完一次之後慢慢翻回中段頁面，仔細地重讀了一次。石崎拈了

註：日語中麻子與朝子同音。

拈頁數，那應該是第二章結束的地方。

北畠把筆記放回桌上，石崎還來不及說出「其實我是想知道八田亞由美到底是不是不良少女」，北畠就用相當急切的語氣說：

「這份資料，可以借我一下嗎？」

石崎嚇了一跳，「裡面寫了什麼不妥的內容嗎？」

北畠揮了揮肉厚的手，「不是這個意思。不過這份資料很重要，要是能借我就太有幫助了。」

接著，他一口灌下生啤酒，人中還沾著鬍鬚般的泡沫，又一臉嚴肅地說，「小麻這丫頭眞了不起。」

三天後。石崎一從外面回公司，澤野小姐就大聲喊他，說美彌子打電話來，聽語氣很急的樣子。

他狐疑地接起電話。

「老公，你們編輯部有電視嗎？」

「啥？有啊。」

「打開看看，打開看看，看新聞！快點快點！」

石崎照她說的打開編輯部那台破電視，找尋新聞頻道。澤野小姐也靠過來。

「怎麼了？」

老婆講了莫名其妙的話——正想這麼回答，手握遙控器的石崎愣住不動。

新聞畫面出現一張大頭照，是個陌生人，但是底下字幕打出的名字並不陌生。

朝倉琢巳，二十五歲。

新聞報導此人遭到逮捕。今年五月上旬，中野發生的女子短期大學生命案，朝倉以嫌犯身分遭到逮捕。

「這不是發生在我家那邊的命案嗎？」澤野小姐說，「夫人打電話來叫你看這個？」

石崎很快回到電話邊。

「美彌子，那是怎麼回事？」

「我也不知道啊！」她大叫起來，「可是，剛才北畠先生打電話來，說他打去編輯部你不在，要我傳話給你。可以嗎？我現在要說了喔。他說你聽了就知道什麼意思。」

「好，他說什麼？」

「能順利逮捕朝倉都是小麻的功勞，她要獲頒警視總監獎啦。他要我這麼跟你說，嗳、你知道這什麼意思？」

石崎一頭霧水。

四天後的夜晚，石崎接到北畠的電話，只講了十分鐘。他在電話裡連珠砲似地說：

「中野那起命案中，有些情報並未對外公開。」

遭到殺害的女大學生，穿著夏天的迷你連身裙和白鞋子，背一個白色的斜背包。除此之外，還提著一個和這身打扮一點也不搭的「束口袋」。

「那是用舊和服拆掉的布料做成的束口袋，說是被害人祖母親手做的。案發當晚，被害人遇害前先去祖母家玩，吃了祖母煮的晚餐。祖母的興趣是做袋子，這個束口袋是最新作品，因爲孫女說喜歡就送給她了。被害人直接提著這個袋子回家，不知道是太開心還是想討祖母歡心，也可能兩者都有吧。此外，這個『束口袋』做成可以斜揹的樣式，所以束帶很長。」

兇手就是用這長長的束帶勒死被害人的。

「用被害人手上的東西當凶器，證明這是臨時起意的犯罪行爲。這命案麻煩的地方也就在這裡。可是用束口袋當凶器的情形很少見，爲了鎖定兇手，刻意不公開與凶器相關的情報。所以啊，當我讀到小麻筆記裡寫著那個二十五歲的補習班老師，提到不應該出現在另一起命案被害人手中的束口袋時，眞是嚇了一大跳。爲什麼這個叫朝倉的傢伙會目睹一個鬼魂拿著不應該出現的束口袋呢？」

是罪惡感使然吧——石崎這麼想，起了一身雞皮疙瘩。

北畠展開調查，發現朝倉琢巳和中野命案的案發現場有地緣關係。大學畢業後，他上了兩年的專門學校，那間學校距離命案現場不到兩百公尺。朝倉的好友也住在附近，而他經常去拜訪那位朋友。北畠說，找出這些事實後，剩下的事就簡單了。

「一切都拜小麻那份報告之賜。石崎兄，你有個好女兒啊。」

石崎道過謝，掛上電話。然而，心情無法一下子開心起來。內心深處像有黑色墨汁流過。

對朝倉琢巳來說，那個在水上公園出沒的年輕女鬼，不是因爲和男友分手慘遭殺害的八田亞由美，而是自己親手殺死的中野短大學生。

他看見了。他看見的鬼魂確實拿著不該出現的「束口袋」，蒼白的臉上有著怨恨的表情。

他對補習班學生說自己親眼目睹鬼魂，這件事或許是他編出來的。或許只是爲了討小孩子歡心，得意忘形說溜了嘴。聽人家提到命案被害人是年輕女性，在另一層意義上，對當時的他而言是更驚悚的話題。但又不能刻意逃避，只能裝作若無其事加入這個話題。他得把這件事當成有趣的故事才行，所以只好說自己「並未特別感受到危險」。

然而，在他內心深處一直都有眞正的鬼魂出沒。內在的良心形成鬼魂，賴在心裡不走，威脅著他。正因如此，在他編的故事裡出現的鬼魂，才會提著那個他想忘也忘不掉，象徵著被害人的控訴與自身邪惡的「束口袋」。那個女鬼非提著這個不可。

人總是看見自己想看的東西。就算自以爲看著外界，最後看的依然只是心的內側。

本該消失的「石枕」思考光譜，或許以「罪惡感」的形式勉強殘留。石崎這麼一說，澤野小姐就感慨萬千地點頭。

「不知道殺害八田亞由美的淺井祐介心中是否也殘留著這樣的光譜……」

朝倉琢巳被拘留不久就自己全招了。他說去朋友家多喝了幾杯，喝醉之後，看到獨自走在路上的女人就起了色心，一時衝動殺了對方。從此之後，每天晚上都做噩夢，遭到逮捕反而鬆一口氣——

再次受到世人矚目的海砂地區騷動了一段時間。等到這場騷動平息後，石崎帶麻子去散步。因爲他認爲，若想找個地方將這件事從頭到尾告訴麻子，水上公園是最適合的地方。白天太熱，就選傍晚時分出發。即使如此，麻子還是說自己不想曬黑，戴上了草帽。

她帶著一小束花。從涮涮池旁將花丟進水裡，父女倆站在池邊默禱。那些關於八田亞由美的負面傳聞，將另一位被害人從遺憾中拯救出來。

話題進入難以啓齒的部分。石崎拜託北畠調查的結果，八田亞由美生前確實是個不良少女。她就讀的高中曾考慮將她暫時停學或退學，只是看她本人似乎有心振作，才又多給了一些時間。國中時雖然不是「多次」遭警方輔導，但也有過兩次。她確實有兩張面孔，加山英樹只看過其中一面。

縱然謠言像是被塗上猥瑣顏色的著色畫，輪廓線條卻不曾模糊。

麻子抱怨被蚊子叮得很癢，兩人便穿過涮涮池走出公園。走的是「阿爾罕布拉宮」附近那個出口。女兒在身邊時腦中浮現那個記憶，實在是一件尷尬的事。石崎自然而然沉默下來。

這時，麻子忽然掀起草帽帽沿，發出驚訝的聲音：

「啊，加山同學！」

一個身穿T恤牛仔褲的瘦高少年走在馬路另一側。聽見麻子叫他，驀地停下腳步。他手中也拿著小小的花束。

麻子跑上前，少年不時窺看石崎，扭扭捏捏地站在路旁。麻子轉頭對石崎說：

「爸爸，這是加山同學。」

坦蕩蕩地介紹。

少年背對夕陽而站，陽光太刺眼了，無法看清楚。因此石崎沒有立刻望向少年，他只是瞇起眼，視線移到馬路另一頭。

不由得倒抽一口氣。

盛夏的金黃色斜陽下，一對騎著腳踏車的年輕男女正搖搖晃晃，開開心心地橫越馬路。正好朝「阿爾罕布拉宮」的方向騎去。男生白色襯衫的袖子被風吹得鼓起來，女生的頭髮朝天空飛起。

那是年輕時的自己和美彌子。當時腳踏車輪轉動的節奏和心情一樣雀躍、美彌子洗髮精的味道、把手環在自己腰上的年輕妻子的溫度，從石崎全身上下的感受中復甦。

眨了眨眼，回過神一看，那只是一對不認識的年輕男女。一時之間看錯了。女孩不知說了什麼，男孩笑起來，兩人的身影很快轉進建築陰影下，看不見了。聽不到他們的聲音，只有殘像烙印在石崎眼底。

人只會看自己想看的東西，看見的總是心的內側。無論好壞，無論美醜。

「爸爸？」

聽見麻子的叫聲，抬眼一看，麻子正擔心地望著自己。手抓帽沿的姿態就是個小女孩，從上衣袖口露出的手臂描繪柔和的線條，象徵她正一點一點但確確實實從一個小女孩羽化為一位年輕女性。

石崎閉了閉眼，將剛才的殘像珍惜地收進心底。然後睜開眼睛，重新朝麻子的男朋友——第一次正眼朝麻子的男朋友望去。

少年有點驚訝，但仍如美彌子所說，露出好勝的眼神，正面迎上石崎的視線。接著，用有點破音但比想像中堅定的聲音這麼說：

「初次見面，請多指教。」

聖痕

1

三月底的某個寒風刺骨的下午，下起了夾雜著雪塊的雨。

我從一大早到這時，總共只和三個人交談過。三個都是我相當熟悉的人。一個是這棟老舊大樓的管理員，一個是他所僱用的打工青年，還有一個是在鄰室經營手工藝教室的老婦人。我跟三人交談的話題，都圍繞在今天的寒冷及雪上。年過半百的老管理員說，東京到了三月才下的雪，反而可能會下得一發不可收拾。打工青年手裡拿著拖把，口沫橫飛地說了他對地球暖化及異常氣象的擔憂及看法。經營手工藝教室的老婦人則是稱讚了我為了禦寒而圍上的圍巾。她一如往昔拿著一把慣用的拐杖，拐杖前端的橡皮防滑蓋上還殘留著凍結的雪塊。

這也不是什麼奇怪的事情，畢竟春雪是連電視播報員都喜歡掛在嘴邊的話題。但是下午來訪的第四個交談對象，不再跟我聊天氣了。他的手裡握著一把半透明的塑膠傘，前端還有水滴不斷滴落。

「這裡是徵信社？」

那個男人將門開了一半，一手握著門把，對著坐在裡頭的我問道。他的身上穿著一件有帽子的灰色雨衣，下襬還在滴水。

那件雨衣從雙肩到胸口的位置貼著螢光膠帶，看起來就像是附近國小兒童上下學的時間，站在斑馬線上維護兒童安全的導護員。幸好雨衣的顏色是灰色而不是黃色，否則我一定會搞錯。話說回來，一個原本應該站在通學路上保護兒童的人，我可想不出任何理由會走進這棟位在通學路旁的老舊綜合商業大樓，踏進這家徵信社。

「沒錯。」我回答。

男人站在原地朝著室內左右張望。他或許是希望能看到一些能夠證實我的姓名、身分及工作表現的東西吧。例如執照、警署頒發的感謝狀，或是和位高權重的人物笑著握手的裱框照片之類的。男人的年紀跟我相差不遠，或許比我多了幾歲。

男人一直將雨衣的帽子緊緊戴在頭上，帽緣及下襬依然不斷滴著雨水。他以模糊不清的嗓音對我問道：

「像這樣的徵信社，會接臨時的私人委託嗎？」

大樓正門口的鑲嵌式導覽板上，掛著老婦人經營的「向日葵手工藝教室」及這家「千川徵信社」的招牌。身穿灰色雨衣的男人使用了「像這樣的徵信社」這種模糊字眼，我不禁花了一點時間，思考那是因爲他不確定我是否就是徵信社老闆「千川」，抑或他在暗示這家徵信社看起來不太牢靠。

「會不會接是一回事，你看起來實在不像是想要臨時委託工作的客人。」

身穿雨衣的男人剛剛一敲完門，只停頓了大概一次呼吸的時間，就把門打開了。從他的舉止之中，沒有流露出一絲一毫的遲疑與畏縮。這證明了他很清楚這裡是什麼樣的地方。

「是橋元先生介紹我來的。」

男人眨了眨朦朧的雙眸，接著說道：

「東進育英會的橋元理事……啊，不對……」他急忙訂正，「上個星期剛進行改選，他現在是副理事長了。」

男人的腦袋微微晃動，雨衣的帽子跟著發出沙沙聲響。

我點了點頭，以手勢邀請他入內詳談。

「牆上有鉤子讓你掛雨衣，雨傘就放在那個備前燒的大陶壺裡。」

男人愣了一下，往後退了一步，彷彿這時才發現他的腳邊有一個大陶壺。

「看起來像是某個號稱『人間國寶』的陶藝家的作品，其實只是贗品而已。」我說道。

那個大陶壺的底部已經裂了，但拿來當傘架還不至於會漏水。

男人小心翼翼地將雨傘插進那個備前燒的大陶壺內。當他要脫下雨衣的時候，卻又愣了一下，趕緊將帽子脫掉，彷彿他一直沒有發現自己戴著帽子。男人理著平頭，頭髮已經花白，整個腦袋的形狀可以看得一清二楚，我看了那模樣，心裡對他的推測年紀又往上加了幾歲。

男人站在大陶壺旁，又開始在昏暗的事務所內左顧右盼。

「橋元先生說，這裡是個人經營的徵信社，口風很緊。」

我默默站在辦公桌前。

「他還說東進學園也曾經好幾次請貴社幫忙，解決了不少麻煩事。」

頭髮花白的男人臉上的表情，彷彿在說著「拜託行行好，給點反應證明我從橋元副理事長那邊得到的小道消息並沒有錯」。

「我只是幫忙查了一點事情而已。」

頭髮花白的男人聽我這麼回答，原本摘下帽子後一副惡煞模樣的臉孔露出了微笑。眼睛周圍有著淡淡的一圈黑眼圈。

「橋元先生說千川老闆很有本事，相當值得信賴。」

男人緩緩走向待客用的沙發，走到一半卻又停下了腳步。

「只是我完全沒想到是個女人。」

男人看著自己的腳，自認爲犯了一個非常尷尬的錯誤。接著他似乎爲了化解自己搞出來的尷尬，趕緊又說道：

「不過要調查關於孩童的事情，確實女性比較合適。」

男人試著對我擠出客套的笑容。我既沒有笑，也沒有回應這句話，只是再次以手勢請他就坐。

「咖啡可以嗎？」

我一邊走向辦公桌旁的咖啡機，一邊問道。就算他說不可以，我也端不出其它飲料來招待他。頭髮花白的男人點點頭，忽然像是臨時想起來一樣，從懷裡掏出一條白色手帕，擦了擦臉。

剛剛看男人所穿的灰色雨衣，我就猜到雨衣底下的衣服應該不是西裝。他的上半身穿著看起來又硬又挺的白色日式作業服，下半身穿著白色長褲，看起來像是餐廳廚房的員工。不過沒有圍圍裙，應該是脫掉了吧。男人將濡濕的手帕重新摺好放回懷裡，我隱約看見那條白色手帕的邊角染著「てらしま（TERASHIMA）」的藍色字樣。

「てらしま先生……」

我一邊將咖啡杯放在杯碟上，擺到男人的面前桌上，一邊問道：

「請問漢字是寺廟的『寺』、島嶼的『島』嗎？還是山字旁的『嶋』？」

頭髮花白的男人挺著腰桿一坐，看起來更像個廚師了。他錯愕地眨了眨眼，彷彿看見我變了魔術。

「橋元先生把我的事情告訴妳了？」

「不，是那條手帕。」

我老實說出了魔術的手法。

「啊……」男人望向自己的胸口，點了點頭。

「這是我經營的餐廳。」

他從沙發上將臀部微微抬起，取出原本放在褲子後側口袋的一個薄薄的皮夾。那是一個黑色皮夾，看起來已使用了很多年。他從皮夾裡抽出一張名片，猶豫了一下，最後沒有直接交給我，而是放在桌上。

上頭寫著「日式餐廳　てらしま」。餐廳地址是「神田明神下扇大樓B1」，另外還印著電話及傳真機號碼，但沒有網址之類的資訊。

「山字旁的『嶋』，寺嶋。」

名片上印著「店長　寺嶋庚治郎」。

「一家只有十個吧檯座位的小店，我自己就是主廚。」

接著他又迅速解釋「女兒及女婿會來店裡幫忙」。我馬上就明白了他急著解釋的理由。

「現在是下午的午休時間，我跟他們說要去一趟銀行，就溜出來了。」

從明神下到這裡，搭計程車大概只要十分鐘的時間。但今天天候不佳，或許多花了一點時間也不一定。

「幾點之前必須回去？」

寺嶋庚治郎反射性地在牆上尋找時鐘，接著看了一眼自己的手表，稍微沉吟後說道：

「待兩小時應該沒問題。」

明明發生了嚴重到會在臉上搞出黑眼圈的問題，用來解決問題的時間卻少得可憐。

「我不想讓女兒及女婿知道我跑到這裡來。」

男人凝視著冒出騰騰熱氣的黑咖啡，嘴裡如此咕噥道：

「他們堅決反對我跟那件事扯上關係。不過這也不能怪他們，畢竟現在有了美春。」

在確認「那件事」是什麼事之前，我先問了一句，「美春是你的孫女？」

寺嶋瞪大了眼睛，彷彿又目睹了一次魔術表演。

「是你女兒及女婿的孩子，對吧？」

「對，現在才八個月大。」

「你是因爲從前女兒就讀的學校，才認識了橋元先生？」

「不，橋元先生是我店裡的常客，這十年來經常光顧。」

男人的說明忽然帶了幾分生意人口吻。

東進學園雖然歷史不算悠久，卻是首都圈內相當著名的私立學校，除了國小、國中及高中之外，還有大學及家政短期大學。東進育英會則是經營這些學校的財團法人。東進學園的前身，是昭和初期某資產家所創辦的女子高中，現在雖然改成了男女合校，但男女比例約四比六，女學生還是較多。在社會上一般人的觀念裡，就讀這座學園的學生都是乖巧聽話的良家子女。

爲了守護這個美好的傳統名聲，橋元理事（現在的副理事長）到目前爲止已委託我處理過好幾件工作。相信以後他還是少不了我吧，但我這家徵信社可不是只爲他一個人服務。橋元副理事長對我的信賴，確實讓我拓展了不少人脈，但要接什麼樣的工作，依然是由我自己決定，我不想把決定權拱手讓給他人。

我這家徵信社，是以孩童、學校及家庭爲主要調查對象。

寺嶋庚治郎喝了一口咖啡，將杯子放回杯碟上，以生硬的口吻說道：

「橋元先生是個做事相當認眞負責的人。」

他的聲音微微顫抖。

「而且他處事圓融，不是一個自命清高的教育家。既然妳經常接受橋元先生的委託，相信應該很清楚才對。」

我只是默默看著寺嶋，並沒有答話。因爲從他那蒼白而陽剛的臉孔，我無法判斷他口中所說的「做事認眞負責」的橋元副理事長是否曾經告訴過他，我從橋元副理事長手中接過的棘手案子包含了集團霸凌、未成年吸食大麻，以及更衣室內的妨礙性自主事件。

「既然是連橋元先生也讚不絕口的調查員，我相信應該可以安心說出那件事。」

寺嶋再次用了「那件事」這種籠統的字眼。

「我只知道你今天來找我，不是爲了你的女兒，不是爲了你的女婿，也不是爲了你的孫女。」

就像剛剛脫下雨帽時一樣，他露出一臉突然察覺自己很失禮的表情，縮起了脖子說道：

「不好意思。」

他的手上並沒有拿著任何會發出聲音的東西，但依然可以清楚感覺到他的手在微微顫動。只見他以僵硬的動作從懷裡取出一枚茶褐色的信封。

「請先看看這個。」

放開手的同時，寺嶋低下了頭，彷彿不願意再看見信封裡的東西。

「相信妳應該記得才對。」

他以略帶自暴自棄的口吻說道。

我打開了信封，裡頭有一張摺起的信紙，以及一張黑白照片。那照片比L尺寸（註）略小一點，看起來似乎是將證件照放大而成。

照片是一名少年的臉部特寫，少年的年紀約十三至十五歲左右，正眼面對著鏡頭，身上穿著深色的西裝式外套，打著格紋的領帶，那服裝多半是學校制服。領帶打得整整齊齊，襯衫的鈕釦也全扣上了。

少年雖然長得五官端正，但沒有什麼特色。修長的雙眸上方有著厚重的單眼皮，鼻梁又直又挺。就像其它黑白照片一樣，完全沒有拍出存在感。右側眉毛旁邊接近太陽穴的位置，似乎有一顆小痣，那大概是唯一的特徵吧。

就在我抬起頭的同時，寺嶋也抬起了頭。他的眼神簡直像是偷東西被抓到的國中生。

我歪著腦袋說道，「寺嶋先生，爲什麼你會說我應該記得這個少年？」

寺嶋的眼神頓時流露了一絲疑惑。

「十二年前，妳就在這家徵信社裡了嗎？」

「寺嶋先生，就跟你一樣，這是我個人經營的徵信社。我既是老闆，同時也是唯一的調查員。」

我一邊說，一邊舉目環顧空蕩蕩的事務所內。

「十二年前，我還沒有開這一家徵信社，也還沒有開始從事調查員的工作。」

寺嶋顯得相當沮喪，他的肩膀垂了下來，那看起來應該是廚師制服的白色上衣領口也跟著變得有些鬆垮垮。

「這麼說來，妳不知道這件事？」

他的肢體語言明明顯得很遺憾，聲音卻激動得像是聽到了令人難以置信的好消息。

「這是當年被八卦雜誌公布出來的照片。這年頭只要花點時間在網路上搜尋，馬上就能找到這張照片。妳身為一個專門處理孩童問題的調查員，竟然對那起驚天動地的案子沒有興趣？不管怎麼說，妳自己應該也有孩子……」

寺嶋說到這裡，尷尬地低下了頭，接著又說道：

「好吧，這是兩碼子事。」

因為孩童問題而踏入我這家徵信社的客戶，都有一個共通點。那就是比起我身為調查員的能力及可不可靠，他們更在意的是我有沒有孩子。他們都有一個先入為主的觀念，那就是認為一個人在長大之後（尤其是女人），如果沒有生過孩子，就不可能理解孩子的心情及所作所

註：日本常用的相片尺寸稱呼。相當於89mm×127mm。

爲。就算他們嘴上沒有明說，態度上卻總是表露無遺。但他們似乎都忘了，他們爲了處理自己的學校學生或自己孩子的問題，而必須委託第三者介入「調查」，這已徹底證明了他們是無法理解孩子的心情及所作所爲的大人。

「這名少年是誰？」

我指著照片上那張白皙而五官端正的臉孔問道。那看起來與其說是面無表情，不如說是拍照的時候刻意排斥擺出拍照時適合的表情。我故意這麼問，是因爲想聽聽寺嶋會怎麼說。

寺嶋庚治郎彷彿受到我的手指吸引，低頭望向照片。從他的角度看照片，少年應該是上下顚倒的狀態，他卻宛如與照片裡的少年四目相交，臉孔霎時扭曲。

「他是我的兒子。」

寺嶋在說這句話的時候，鼻音特別重，但不是因爲帶著鄉下口音，而是因爲聲音嘶啞。

「他的名字叫和己，但是在十二年前……也就是案發的那一陣子，新聞媒體都叫他『少年A』。」

他一直苦著臉，半晌後才像是下定了決心，抬頭凝視著我說道：

「他殺了親生母親，接著還想殺死導師，後來躲在學校和警方僵持不下……妳眞的不記得這起案子嗎？」

我沒有回答，只是凝視著照片。

我當然對這名少年有印象。

十二年前四月的某個清晨，少年在位於埼玉市的自家內，以藍波刀殺害了睡眠中的親生母親及其同居男友。少年切下遺體的頭顱後，換上制服前往學校，又以同一凶器刺傷他的女性導師。最後少年以女教師爲人質，與趕到現場的警察對峙，在教室裡躲了超過兩個小時。當時少年只有十四歲。

2

我對這個案子的了解，全來自於媒體報導。而且這已經是十二年前的往事了，我不明白爲什麼要舊事重提。我老實說出這樣的想法，寺嶋卻反而露出鬆一口氣的表情，說道：

「這麼看來，我得把來龍去脈說清楚才行了。」

我不明白他說的「來龍去脈」是指什麼。

「和己是我與柴野直子生的孩子。」

兩人結婚數年之後離了婚，孩子由柴野直子扶養，監護權也是直子獲得。

「自從離婚之後，我跟他們母子就毫無往來，完全不知道他們過著什麼樣的生活。發生了那起案子之後，媒體雖然沒有公布少年的姓名，但公布了少年當時十四歲，而且也公布了遭殺害的女人，也就是少年母親的姓名，我這才知道是他們母子。」

剛開始的時候，寺嶋並沒有把這件事告訴任何人。因爲前妻過著什麼樣的人生，寺嶋完全不清楚，犯案少年只知道年紀跟和己相同，但難以斷定就是和己。搞不好前妻改嫁了，男方也有個年紀跟和己相同的孩子。

「與其說是懷疑，不如說是心中這麼希望。」寺嶋說道。

但是數天之後，這個希望就徹底破滅了。因爲案子的調查人員以及媒體，全都找上了「少年A」的親生父親寺嶋。

但是在寺嶋以這種方式得知前妻與孩子的消息之前，其實還發生了許許多多事情。寺嶋口中所說的「把來龍去脈說清楚」，可說是一點也沒有誇大其詞。

二十七年前，寺嶋庚治郎還是個剛取得廚師執照的實習廚師，在位於六本木的一家日式料理餐廳工作時結識了柴野直子。寺嶋當時二十一歲，直子則是二十八歲，在那家餐廳當事務員。兩人才剛開始交往不久，直子就懷孕了，因此兩人可說是名副其實的「奉子成婚」。

「我的老家是福島縣的果農，家裡的果園都是由我哥哥繼承。由於收入不錯，我本來有點想待在家裡幫忙就好，但因爲我年輕的時候品行不良，在家裡實在待不下去，再加上當時有人建議我當廚師，所以我來到了東京，進入廚藝學校。」

寺嶋年輕時的「品行不良」，只不過是偷竊機車、無照駕駛、在深夜的車站附近鬧區和同件鬼混，以及在學校抽菸、喝酒的程度而已。在那種鄉下地方，因爲不想當乖乖牌而做出這些事的年輕人可說是多如牛毛。寺嶋因爲這種程度的小事就感覺在老家待不下去，反而證明了他從小生活在一個家規非常嚴格的家庭裡。後來他眞的從廚藝學校畢了業，沒有把老家寄來的學費及生活費胡亂花掉，也再次證明了這一點。

「建議我到東京學廚藝的人，是我舅舅，他也是個廚師。而且他正是在東京學了廚藝之後，回到家鄉開店。他經營的餐廳非常有名，經常登上觀光手冊。這個舅舅對我非常好，我自從上了高中之後，就經常到他的餐廳裡幫忙洗碗，他常說我有當廚師的天分，而且我自己也喜歡吃美味的食物。」

接著寺嶋又順口提到了他的酒量不好，但前妻直子倒是很能喝酒。

「直子愛喝酒就算了，更糟糕的是她還愛打柏青哥。如果是最近這幾年，像她這樣的人應該會被視爲成癮症患者吧。」

偏偏在交往過程中，寺嶋完全沒有察覺直子的這些缺點。

「我那時還太年輕，被她迷得神魂顚倒。她是商業高中畢業，學過記帳，在很多公司行號都當過事務員。她的工作都做不長久，那是因爲每當她缺錢打柏青哥的時候，就會從職場的金庫或結帳櫃臺偷錢。她的這個壞習慣，我也是直到結婚之後才發現。」

我聽到這裡，決定讓他見識一下我身爲專業調查員的實力。

「我猜應該不是結婚之後發現，而是在決定要結婚的時候，老家的某個親戚告訴了你吧？」

我看不出寺嶋聽了之後是否對我大感佩服，但可以肯定的是他的表情變得更加憂鬱了。

「私下給直子做了身家調查的人，就是我剛剛說的舅舅。他畢竟是在都市裡待過的人，當初我第一次帶直子回老家見親戚的時候，他似乎就察覺不對勁了。我的父母及哥哥都是沒有心機的人，反而沒有想那麼多。」

「那次的身家調查，是不是還發現了其它事情？」我問。

這次寺嶋明顯露出了佩服的表情，但他似乎並不打算稱讚我。

「直子離過一次婚，而且還有孩子。當時孩子已經十歲了，算起來直子在十八歲就生了那孩子。」

直子第一次的結婚對象，據說是她從前就讀的商業高中的教師，年紀比直子大了二十歲。兩人一直等到直子畢業才入籍，半年後就生下了孩子。

「聽說那場婚姻維持了不到一年的時間。」

「那孩子……」

「是個女孩。」

寺嶋說出這句話後，才察覺那不是我想要問的問題。他伸手搓了搓臉頰，接著說道：

「那女孩後來被直子的母親帶回去撫養。她母親住在相模原，在車站附近經營一家小酒館。」

寺嶋接著描述，直子的母親以現代人的眼光來看，可以算是單親媽媽。但說著說著，寺嶋也不敢肯定這樣的形容正不正確。

「直子跟她的母親處得如何？」

「算不上多好。她將孩子丟給母親照顧之後，就沒有再回家，也絕口不提自己曾經結婚及有孩子的事情。」

與其說是絕口不提，不如說是不想承認這個事實吧。

「直子的母親也不想再管這個不肖女……就當沒這個女兒，也不想再找她。但是發生了和己的案子之後，媒體記者找出了直子的母親，而且也發現了和己有個同母異父的姊姊。直子的母親後來把店收了，帶著孫女不曉得躲到哪裡去了。就我所知，直子的母親是個很務實的人，對孫女的教育也相當用心。」

寺嶋再度搓揉起自己的臉頰，接著說道，「說起來丟臉，當初還是某個電視台的播報員告訴我，那對祖孫似乎搬到名古屋去了，否則我完全不知情。一來我自己沒有能力調查，二來我當時也沒有多餘的心思理會這些。」

「後來呢？有她們的消息嗎？」

「完全沒有，對方大概也不想再跟我們扯上關係吧。」

接著他低聲呢喃了一句「那也是理所當然的事情」。

我起身在兩個杯子裡加了咖啡，接著從辦公桌的抽屜裡取出玻璃菸灰缸擱在桌上。

寺嶋露出如蒙大赦的表情。但他接著一摸胸口，才發現沒帶菸。我從同一隻抽屜裡又取出了一盒MILD SEVEN Light及一個拋棄式打火機，放在菸灰缸的旁邊。一個老菸槍竟然沒將菸塞進口袋就跳上計程車，這比任何一件事都更能證明他心中的焦急。

「謝謝。」

寺嶋叼起一根菸，我爲他點了火，接著我也爲自己點了一根。

「因爲這些事，親戚都很反對我娶直子。」

寺嶋深吸一口，緩緩吐出煙霧，「但我嚥不下這口氣，反而決定非娶她不可。親戚說直子的年紀比我大七歲，我就說娶『某大姊』是件好事；親戚說直子生性揮霍，愛打柏青哥，我就說有了家庭之後就不會了，而且我會督促她戒掉。」

「單純拿自己的錢揮霍，跟愛偷別人的錢揮霍，可是完全不同程度的問題。」

這一點，如今相信不用我多費唇舌，寺嶋應該也得到了很深的教訓。他沒有回應我這句話，默默吸了幾口菸，才說道：

「正因爲如此，我就算是爲了面子也要咬牙撐下去。」

撐了兩年又三個月，夫妻最後還是決定離婚。

「或許妳會認爲我是死鴨子嘴硬，但我們離婚並不是因爲柏青哥的關係。是我發現直子在外頭有男人……而且他們的關係，早在我跟直子結婚之前就開始了。我得知這件事之後，終於決定跟她離婚。」

「當初你舅舅委託的徵信社，也沒有發現直子跟那個男人的關係？」

「因爲那太困難了。」

困難？對誰來說困難？對徵信社？還是對寺嶋？

「因爲他們的關係並不是一直維持著。那男的也是個風流成性的傢伙，每隔一陣子才會像突然想到一樣，回到直子的身邊。」

我低頭看著桌上的少年照片，問道：

「跟直子一起遭到殺害的同居男友，就是那個男人？」

柏崎紀夫。十二年前遭殺害時四十八歲，自稱在金融業工作，實際上卻是幫高利貸公司討債餬口的三流混混。沒有勇氣加入黑道，卻又不肯做正當工作，就這麼遊手好閒地步入了中年。

「沒錯。」寺嶋點了點頭，「他那時竟然和直子同居了，而且還一起生活了頗長一段日子。在直子嫁給我，爲我生下和己的那段期間，柏崎正在坐牢。」

「因爲傷害罪而服刑……我記得是判了三年？」

寺嶋將一根菸吸到幾乎燒到了濾嘴，才小心翼翼地將菸蒂捻熄。他抬頭看著我說道：

「妳記得眞清楚。」

「那陣子每天打開電視，看到的都是關於那案子的後續消息與內幕報導。」

既然報導時不能提及少年的個人資料，遭殺害的「雙親」當然成了媒體眼中的絕佳報導題材。

「在聽你描述往事的過程中，我自己也想起來一些。」

「電視報導是否也提到了，我與直子離婚的理由，正是因爲柏崎出獄後回到了直子的身邊？」

「嗯，應該有吧。」

寺嶋將頭別向一邊，不肯與我四目相對。他從盒裡又抽出一根菸，繼續說道：

「我們對於如何處置和己的問題，也發生了一些爭執。」

他的聲音依然沉著冷靜，卻毫無抑揚頓挫。

「我原本想要扶養和己……不，老實說，我是想帶回老家讓我的母親照顧。畢竟我一個孤零零的男人，又是個還沒有辦法獨當一面的實習廚師，我實在沒有自信能夠將兩歲的孩子撫養長大。但是我的父母、哥哥他們都堅決反對。」

「包含你那個舅舅？」我問。

寺嶋緩緩點頭。

「鄉下人雖然不像都市人那麼有心機，但是一旦決定的事情，說什麼也不會退讓。我的母親還說，和己是那個女人的孩子，不是她的孫子。我眞不敢相信她會說出這種話。」

「那應該不是她第一次說出那種話吧？在那之前，當你說出要和已經懷孕的直子結婚時，你的父母、兄長及舅舅他們，應該也說過直子肚子裡的孩子搞不好根本不是你的。」

寺嶋聽了這句話並沒有動怒。他的反應意外平淡，只是露出了一抹苦笑。那是早已習慣與客人相處的生意人所特有的苦笑。

「看來什麼事情都瞞不過妳的眼睛。」

他的用字遣詞對我並沒有特別客氣，那或許是因爲他是我的客人，而且他知道我這輩子絕對不可能走進他的餐廳，成爲他的客人。

「沒錯，妳說對了。和己出生之前，他們就說了一模一樣的話。但是在那個時候，我的所有親戚，包含那個處事周到的舅舅，都沒有想到可以做親子鑑定。」

我心想，或許寺嶋的舅舅不是沒有想到，而是擔心做了親子鑑定之後，發現庚治郎與和己眞的是父子。這確實很像是一個處事周到的人會採取的風險控管手法。

「就這麼一波三折，最後直子決定自己扶養和己。爲了避免她事後又糾纏著我們討贍養費，哥哥及舅舅幫我籌到了三百萬圓，交給直子的同時，也要求她簽下切結書，今後不准再找寺嶋家的人囉嗦。就這樣，我恢復了單身狀態。」

接著經過不到一年的時間，寺嶋就結婚了，對象是家鄉的高中同學。

「這又是你哥哥或你舅舅的安排？」

寺嶋聽了我這句話，依然沒有生氣。他再度小心翼翼地將菸蒂捻熄。

「不，我在離婚大概半年之後，回家鄉參加夏季祭典，碰巧遇上了我現在的老婆。她就住在我的老家附近，兩邊的家人原本就有往來。我老婆知道我離過婚，也知道我跟前妻之間有孩子。這種事在鄉下地方馬上就會傳開。」

我心想，都市也是大同小異，只是傳開的方式不太一樣而已。

「我告訴她，過去的事情都已經斷得一乾二淨了。她從來不曾懷疑過我，我也從來沒做過會讓她懷疑的事情。我完全不知道直子及和己去了哪裡，也不打算找他們，他們也沒來找我。」

直到十二年前，柴野和己犯下那起凶案之前，這對父子完全沒有任何往來。

「只是我有時會想起和己，有點想知道他過得好不好。」

但寺嶋又說，他馬上會將這樣的念頭拋在腦後。

「我原本一直以為直子又會將和己交給住在相模原的母親照顧。對直子來說，這樣也比較逍遙自在……不是嗎？」

寺嶋這句話似乎不是爲了取得我的認同，而是爲了說服他自己。

「發生了那起案子之後，我才明白和己一直過著什麼樣的生活。」

過著什麼樣的生活……這樣的字眼令我動容。

當年的新聞媒體，曾經一度將柏崎紀夫報導爲和己的繼父。但是柏崎與直子只是同居關係而已，因此嚴格說來柏崎並非和己的父親，只能算是直子的同居人。這樣的家庭可說是極不安定且極不適當，甚至可以說是相當危險。

和己在警方的勸說下投降並遭到逮捕之後，立即主動對調查員說明了犯案動機。我在家裡長年遭到虐待，殺害母親及柏崎是保護自己的唯一手段……和己如此自白。雖然和己在學校的成績非常糟糕，但是記憶力很好。說話時雖然能夠表達的詞彙不多，但是用字遣詞很精準。

一進入偵查階段，警方便找到了種種令人心情沉重的證據，足以證明他的供詞並非他自己的幻想。

大約在上了小學之後，和己便遭母親及同居人強迫在外頭偷東西。行竊的範圍並非僅止於住處附近，就連相當遠的店家也遭受其害。直子甚至會爲了尋找合適的下手對象，而帶著和己在外頭到處遊走。但是另一方面，直子幾乎沒有支付和己在學校的教材費及營養午餐費。直子對學校的教職員聲稱自己是單親媽媽，再加上體弱多病，因此生活非常困苦。

——媽媽常跟我說，幼小的孩童就算偷東西被抓到，受害者也不會報警。至於學校，本來就不應該跟學生收錢，所以學校的費用全部都不用付。

直子及同居人的生活非常不規律，經常把和己一個人丟在家裡，而且幾乎沒有給予食物，所以和己跟同年紀的孩童比起來不僅較瘦小，而且身體虛弱。到了國小三年級的時候，當時的級任老師於心不忍，因此主動找柴野直子談話，建議直子申請清寒補助金。雖然後來申請成功了，但是和己的生活並沒有因此而改善。直子依然沉迷柏青哥，而柏崎則是沉迷賭博，兩人都不斷向高利貸借錢。

身為親生母親的直子，與其同居人不僅沒有盡到養育的責任，而且還常常打著「教育孩子」的名義對和己暴力相向。尤其是在和己懂事之後，逐漸不想再像從前一樣乖乖幫母親偷東西，直子對和己的虐待不僅變本加厲，而且幾乎成了每天的常態。但是這個時期的和己還沒有強烈反抗的能力，因此成了直子及柏崎眼裡相當方便的道具。

直子還曾經指使和己故意在街上被車撞，製造「假車禍」。雖然和己只是受了輕傷，柴野直子卻向對方索取高額的醫藥費及和解金。光是可以證實的部分，像這樣的手法至少就做過兩次。至於偷竊，次數更是多到連和己自己也記不清楚了。

在搜查過程中，警方又發現柏崎曾經使用好幾種假名，將和己的內衣照及裸照上傳至兒童色情網站，販賣給喜歡少年色情照片的「客人」。這些都是發生在和己十歲至十二歲之間的事情。交易成立了好幾次，柏崎從中獲利約八十萬圓。關於這個部分，和己只記得被柏崎要求拍了一些「丟臉的照片」，至於和己的母親是否參與其事，以及柏崎是否曾試圖靠比販賣照片更惡劣的手法來牟利，警方一直到最後都沒有辦法釐清。但靠著和己的供詞，警方順利將幾名涉嫌違反《兒童色情禁止法》的男女逮捕歸案。

基於案情的嚴重性，和己比照一般成人，依《刑法》遭到起訴。出庭應訊的時候，和己並沒有流露出一絲一毫的驚惶失措。他清楚描述了自身遭遇及自己的所作所爲，就跟當初對調查員的供詞一模一樣。由於他的態度實在太過沉著冷靜，法庭上的所有人，以及後來經由媒體報導而得知這一點的社會大眾，反而對他的精神狀態產生了懷疑。

——大約從半年前開始，媽媽和柏崎就一直想要把我殺了。

和己上了國中之後，雖然受兩人控制的生活環境依然沒有改變，但畢竟已經不是一名幼童。雖然在校成績很差，身體又瘦弱，在班上經常遭到孤立，但還是交到了幾個朋友。

隨著年紀愈來愈大，和己已然成爲一個能夠依照自己的想法和社會產生交流的個體。這意味著他開始能夠比較朋友和自己在生活環境上的差異，並且從中察覺自己所置身的環境有多麼異常。接下來他將可以向社會大眾求助，並且詳細說明自己的悲慘遭遇。

對於直子及柏崎來說，這是個顯而易見又刻不容緩的嚴重威脅。

無論如何，必須在東窗事發之前封住和己的口。但既然要殺，不如幹上最後一票。和己聲稱母親及同居人開始圖謀這樣的事情。

——他們打算在殺我之前，先爲我買保險。我曾經好幾次聽見他們悄悄討論這件事。

直子、柏崎及和己既然住在同一個屋簷下，兩人不太可能當著和己的面肆無忌憚地討論行凶計畫。和己聲稱自己是偶然聽到，這想起來似乎不太合理。然而就在和己上了國中一年級之後，直子就開始到處打電話到保險公司索取資料，並且頻繁拜訪保險公司的各個辦事處，是不爭的事實。

直子曾數次造訪的保險公司之中，有一名業務員出庭作證，並且提出了自己的業務日誌作爲證物。根據該業務員的證詞，柴野直子當時對就學保險及醫療保險的說明顯得興致缺缺，只是不斷詢問十三、四歲的孩子能不能購買設有高額身故理賠金的保險，以及如果能買的話，每個月的保費大概要花多少錢。

保險公司內的主管察覺不對勁，決定以委婉的口吻拒絕販賣保險給直子。直子勃然大怒地離去，不久之後就有疑似柏崎的人物（聲稱自己是那對母子的朋友）打電話來抱怨。打了幾通之後，對方察覺保險公司的立場非常堅定，就再也沒打來了。

弒母案爆發之後，警方在三人所住的公寓房間裡搜出了大量壽險及意外險的介紹手冊。其中還包含了一些靠郵寄的方式就能申請的共濟式保險（註）。顯然一度遭到拒絕之後，他們也想出了新的辦法。

——如果是車禍意外，還可以向對方要求賠償。我一想到可能又會被要求製造假車禍，就怕得不得了。

十四歲的少年聲稱自己隨時隨地都必須提高警覺。例如等電車的時候絕不站在月臺邊緣，而且跟著直子、柏崎一同出門時絕不走在靠近車道的那一側。

——再不想個辦法，我遲早會被他們殺死。

最後和己想出的「辦法」，是向當時他所就讀的公立國中的導師求助。除了這麼做之外，他實在是想不出其它辦法。

在此之前，地方政府的兒童保護機構從來不曾與這對母子聯絡。畢竟沒有接到街坊鄰居或醫療院所的異常通報，兒童保護機構無法得知和己正處於極度危險的狀態。這一方面或許可以說是政府單位的疏失，另一方面也是因爲直子與柏崎的掩飾手法實在相當高明。直子一直是處於無業且沒有穩定收入的狀態，長期請領清寒補助金，因此必須定期與市公所的負責人員進行面談，但負責人員從來不曾察覺異狀。至於柏崎，由於他的住民票並非設籍於直子的公寓，因此以制度面來看，柏崎這個人幾乎等於不存在。

註：日本的保險類型之一。經營主體多爲公家機關或工會等非營利組織而非保險公司，特徵在於保費比較便宜，但是必須具備特定身分才能投保。

和己向導師求助，以他的立場可說是合情合理。和己第一次採取行動，是在一年級的第二學期期末，也就是即將進入寒假的時候。

但是學校方面卻完全沒有做好拯救少年的準備。導師是一名二十多歲的女教師，教學經驗還不長，學校也沒有設置心理輔導員。後來正是這名女教師遭和己以尖刀刺成重傷，還被當成了人質，可以說是在鬼門關前走了一遭。

女教師第一次從和己的口中聽到眞相時，由於和己的態度實在太平淡，再加上內容實在太過匪夷所思，女教師不禁產生了懷疑。就好像這起案子在偵辦過程中震驚了全社會一樣，女教師當時也感到相當震驚。

畢竟這不是能夠讓人輕易相信的事情。不僅內容太過駭人聽聞，而且嚴重損及母親的名聲。雖然女教師知道柴野和己與母親之間有些不尋常的問題，但對於和己所描述的那些宛如犯罪小說情節般的內容，女教師依然認定那並非事實。正如同後來女教師在法庭上所說的，她當時反而擔心起了柴野和己的精神狀況。女教師曾經找學年主任商量過這件事，學年主任也認爲不能囫圇吞棗地相信和己的話，必須謹愼處理。

女教師的對應態度，讓自認爲已經走投無路的柴野和己大感不滿。進入第三學期之後，女教師甚至基於「謹愼處理」的心態，邀請柴野直子到學校詳談。和己在得知之後，心情迅速由不滿轉變爲憤怒。

——老師不僅不相信我，而且還對媽媽告密。

於是和己決定將女教師也殺了。

然後在接受警方偵訊的初期，和己就針對這一點改變了想法。接受公審的時候，和己也明確表達了歉意。

——在和警察及律師談過之後，我愈來愈覺得那只是一場誤會。老師沒辦法馬上相信我，這並不是老師的錯。我對老師做出那種事，實在是太過衝動且思慮不周了。我認爲我在這件事情上實在是做錯了。

在說出這些致歉之語時，和己的態度依然相當平淡。

「審判的時候，你也出席了嗎？」我問道。

寺嶋點點頭，「我是以證人的身分出席。在法庭上，我說明了和己出生時的情況，以及我和直子離婚的理由，還有……」

他壓低了聲音，接著說道：

「我告訴法官，和己不論將接受什麼樣的懲罰，當他回歸社會的時候，我一定會善盡身爲父親的義務，好好照顧他。」

「你和他見面了嗎？」

「那陣子並沒有見面。我好幾次提出申請，但和己不想見我。」

據說當時和己甚至不希望寺嶋到庭旁聽，律師也告訴寺嶋，爲了避免造成和己心情浮動，盡可能不要與和己有所接觸。

「剛開始的時候，和己早已把我忘得一乾二淨。因此即使遭受那麼過分的對待，他也從來不曾想過要來找我，或是向我求助。」

寺嶋接著又說，自己就像一個根本不存在的人。

「和己很害怕我，也是理所當然的事情。一個原本不存在的人突然跑了出來，那不就像是幽靈一樣嗎？」

「這麼說起來，你說要以父親的身份幫助和己回歸社會，實際上並沒有取得他的同意？」

「沒錯，那只是我擅自決定的事情。」

寺嶋說完這句話，突然一陣激動，尖聲說道，「身爲父親，我只是想做我應該做的事情。」

「但是你現在的家人反對你這麼做，是嗎？」

寺嶋默然無語。

「當初媒體大肆報導的時候，應該也給你現在的家人添了不少麻煩吧？」

「媒體記者都是由我自己一個人應付，沒給他們添什麼麻煩。何況媒體記者雖然討厭，卻也幫上了一些忙。」

寺嶋接著解釋，媒體記者是他唯一的消息來源。

「不管是警察、檢察官，還是和己的律師，什麼都不肯告訴我。愈是我想知道的事情，他們愈是要隱瞞我。說什麼如果讓我知道，對和己不是一件好事。因此我很感謝那些願意告訴我眞相的記者及播報員。」

「但是他們告訴你的消息，不見得都是眞的。」

「總比什麼都不知道好得多。」

我不禁回想過去那些委託我調查孩子近況的爲人父母者。幾乎沒有任何一個父母，要求我查的是「就算不正確也沒關係的消息」。他們只想知道證據確鑿的事實，而且是「好的事實」，能夠令他們感到安心的事實。

「我記得後來幫和己辯護的是一個大律師團，是嗎？」

「總共有十二個律師，全都是義務幫忙，我一毛錢也沒出。就這點而言，我當然很感謝他們。」

「精神鑑定的結果呢？」

「他們做了一大堆檢查，最後的結論就只是『發展障礙』。雖然我不懂那些專業的事情，但我實在不明白，他們爲什麼要耗費這麼多的時間與精力在精神鑑定上。」

言下之意，是他打從一開始就很清楚和己的精神絕對沒問題。

「和己很清楚地理解偷竊及製造假車禍是不好的事情，而且他說這樣下去會被殺，那也不是他的被害妄想。直子與柏崎是眞的安排了很多想要殺他的計畫。」

不僅如此，而且寺嶋認爲和己是個相當聰明的孩子。

「經過檢查之後，專家發現他的智商相當高。學校成績不好，只是因爲在那樣的生活環境裡，根本沒有辦法好好念書。他現在讀的都是非常艱深的書，我可是一句也看不懂。對於當年的案子，他也……」

寺嶋一口氣說到這裡，忽然不再說下去。我沒有說話，只是默默凝視著他的雙眼。

「妳還記得判決結果嗎？」

我搖頭，「請告訴我。」

「法官說和己有區分善惡的能力，說起話來也條理分明，但是太缺乏情感，沒有喜怒哀樂……」

一個態度過於平淡及冷靜，幾乎跟機械沒有兩樣的少年。

「剛開始的時候，他被送往醫療少年院，在那裡待了兩年。但我覺得他根本不需要什麼醫療，只要能過正常生活，馬上就會變回一個正常孩子。」

「後來呢？他的情況怎麼樣？」

「愈來愈好，開始會笑、會哭了。據說有時想起那個案子，還會怕得晚上睡不著覺。」

寺嶋伸出雙手，一邊在臉上搓揉，一邊說道：

「事後想想，或許進醫療少年院也未嘗不是一件好事。如果不是在那裡受到了保護，或許他所做的那些事會成爲心靈上的重擔，搞不好眞的會悶出毛病。」

離開了醫療少年院後，柴野和己被移送至少年觀護所。

「他在那裡待了八年。畢竟他犯的罪實在太重，必須受到懲罰才行。除了刺傷導師之外，他還殺了直子和柏崎。就算理由再怎麼正當，殺人畢竟是殺人。」

「這是他說的嗎？」我問道，「還是你自己這麼認爲？」

寺嶋從容不迫地說道，「當然是他自己的想法。這八年來，他一直非常努力。周圍的人終於把他當成正常人看待，他也終於找回了自己的本性。」

寺嶋接著形容，那就像是一顆已死的心重獲新生。

「而且他也漸漸願意把我當成父親了。剛開始的時候，他完全不理我，也不跟我見面。我還寫了一些信給他，雖然那些信能不能送到他的手上，必須由那裡的醫生及教官來判斷，但我爲了讓他記得我，還是拚命地寫。過了很久之後，他終於願意回信了，而且還說願意跟我見面。」

寺嶋一鼓作氣說完這些，忽然情緒激動得說不出話來。他伸手在桌上探摸，彷彿看不見桌上的香菸盒。好不容易抽出了一根，拿打火機點了火。

「每次跟他見面，我都會向他道歉。有時他會激動地大喊『爲什麼當初要拋棄我』，我只能一再向他道歉。畢竟這件事完全是我的錯，我沒有任何藉口可以辯解。」

他手中的香菸微微顫抖，揚起的輕煙也左右飄移。

「那段日子眞的好長，但是時間長或許反而也是一件好事。後來的和己簡直像變了一個人。他還說將來出所之後，第一件事就是要向老師道歉。」

「這個心願實現了嗎？」

「剛開始的時候，他是以寫信及打電話的方式向老師聯絡。花了好一段日子，老師終於願意見他了。我很感謝那個老師。」

「出所之後，你就成了他的緊急聯絡人？」

「畢竟我是他的父親。」

他想也不想地回答，接著垂首說道：

「不過他並沒有跟我住在一起，只是住在附近而已。我的老婆及女兒都……」

「她們都反對你把和己接回來住，是嗎？」

寺嶋點了點原本就垂著的頭。

「現在是保護司幫他安排了住處。和己的保護司（註）是一位電力工程公司的老闆，和己在接受職業訓練的時候，承蒙他教了不少電工知識。」

「和己在那裡工作？」

「對，和己能夠以這樣的方式重新出發，實在是很幸運。老闆跟老闆娘都對他很好。」

此時寺嶋終於抬起了頭。

「他現在還是叫柴野和己。我原本不贊成，曾經勸他改姓寺嶋，但他說……」

——那會給爸爸的家人添麻煩。

「而且他還說要是捨棄了柴野這個姓氏，對直子也過意不去。」

母親不僅虐待他，還爲了詐領保險金而企圖殺害他，他卻對母親感到過意不去。這就是柴野和己心中所認定的重新做人嗎？

我的腦海裡浮現了這樣的疑問。像這樣的道德觀是正確的嗎？他自己心裡眞的這樣認爲嗎？

「當然事情並不是完全解決了。」

我聽了寺嶋這句話，不由得眨了眨眼睛，趕緊將注意力拉回來。

註：日本的保護司爲一種半官半民的身分，雖然名義上爲公務員，但是並不支領薪水，實質上是由一般民眾所擔任的義工。任務爲輔導及協助更生人回歸社會，此外亦發揮了監督及防止犯罪的作用。

「如今我跟和己之間，還是有些芥蒂。畢竟我已經有家庭了，和己很怕會因爲自己的關係，而導致我家庭失和。所以我每次去看他，他都會坐立不安，叫我趕快回家。」

我心想，寺嶋或許並不是第一次像這樣拋下店裡的工作匆忙外出。他今天出門前並沒有說明要去哪裡，或許他的女兒及女婿都誤以爲他又要去見和己了。

「你說事情並沒有完全解決，應該不止這一點吧？」我說道，「否則的話，你今天也不會來找我。」

話題終於要進入他今天來到這裡的眞正目的了。

窗外依然下著夾雜了雪塊的雨。雖然老舊空調機不斷吐出溫暖的氣流，寺嶋還是輕輕打著哆嗦。

「和己他……很想知道當年新聞媒體如何報導自己的案子，花了很多時間在網路上搜尋相關紀錄。」

寺嶋的身體完全沒有停止顫抖的跡象。

「他這個行爲似乎是從去年年底才開始。我也不知道他爲什麼會有這樣的想法，常勸他別再這麼做。但他自己就是放不下，保護司的老闆也說如果硬是要阻止他，可能會造成反效果。與其讓他從此瞞著我們，不如放任他查到心滿意足爲止，我們還可以適時給予建議與協助。」

接著寺嶋又低聲咕噥了一句，「或許和己也需要一個機會，好好面對自己的過去吧。」

「他查到了些什麼？」

不知爲何寺嶋忽然顯得有些畏縮，不肯正面回答我的問題。

「妳必須知道的事情，都在那信封裡了。」

「你不想從你的口中說出來？」

寺嶋咬緊了牙關，勉強擠出了一句話。他的聲音非常小，而且說的似乎不是日常用語，因此我沒有聽懂。

「你說什麼？」

「救世主。」

寺嶋勉強想要微笑，嘴角卻在抽搐。

「『黑色救世主』。那不是人，是怪物，一種到處犯案的怪物。凡是虐待孩子的父母，或是利用孩子幹壞事的犯罪者，都會受到牠的制裁。」

柴野和己說，他親眼看見了那個怪物。

——是眞的，爸爸。

柴野和己說，那個怪物就是他自己。

3

我本來以爲那只是一種都市傳說。

柴野和己所發現的，是一個名爲「黑色救世主與黑色羔羊」的網站。

在什麼都有的網路社會上，就算有人基於對血腥犯罪及重大凶案的興趣而在網路上架設相關網站，與志同道合的好友一同高談闊論，也不是什麼奇怪的事情。有些人只是抱著看熱鬧的心態，有些人則是認眞地想要協助破解懸案，及防止再度發生。在凶案剛發生後不久，媒體大肆報導的時候，這類網站會猶如雨後春筍般湧現。但是當媒體不再炒作之後，這些網站也會跟著迅速消失。從前是這樣，未來多半也是這樣。

但是少年A（就是柴野和己）這個案子的情況卻有些不同。由於案子裡的十四歲少年是爲了自衛才犯下罪行，一部分從新聞報導中得知案情的人（多半是案發當時年紀與和己相仿的少年少女）不能容許這個案子在滿足了世人的好奇心後就這麼在世界上遭到遺忘。而這股心情在某個契機之下，轉化爲實際的形體。

柴野和己發現的這個網站，其實存在的時間並不算長，大約是六年前才成立。雖然網站有著非常浮誇、非常聳動，在某些人眼裡幾乎是笑話的標題，但站內的管理卻有著非常嚴謹的制度。對於網站成立的過程，也有著清楚而詳實的說明。

剛開始的導火線，是某個大型留言板內的一則留言。留言者是一個自稱「TERUMU」的人物。

〈犯下埼玉縣教室劫持案的少年A，聽說在觀護所內自殺了。〉

六年前的那個時期，和己確實在觀護所內。但當時的和己已經願意與寺嶋見面，個性也逐漸變得開朗，開始能夠認眞思考回歸社會後的問題了，當然不可能自殺。換句話說，這完全是空穴來風的謠言，然而留言者卻堅稱「消息來自可靠的管道」。

〈他一直希望被判死刑，法官卻讓他活了下來。現在他自殺了，終於能夠脫胎換骨，眞是太好了。〉

這種「和己希望被判死刑，希望脫胎換骨」的說法，當然也不是事實。但是這個說法與「和己在觀護所內自殺」那種徹頭徹尾的謠言不同，而是可以找得出消息來源的一派說法。其源頭就在於審判期間，有媒體做出了這樣的報導。

那是一則八卦雜誌的「獨家報導」，文章中說得煞有其事，還聲稱「已取得了少年A的偵訊筆錄做爲佐證」。然而過了兩個星期之後，討論這則報導的聲音就幾乎從社會上消失了。理由就在於該報導提出做爲佐證的偵訊筆錄，被人揭發內容純屬捏造。

像這類重大刑案，當事人或關係人的偵訊筆錄往往是媒體眼中的重要消息來源。但即使是成年人的案子，媒體記者要取得偵訊筆錄也不容易，更何況是未成年者的案子。就算順利取得了，只要是正派一點的媒體，在放出消息時也會非常謹慎小心。

那則八卦雜誌的「獨家報導」敢大剌剌地放出如此重大的消息，光是這一點就相當值得懷疑。雜誌一發行，立刻就有不少人想要確認其真實性。律師團也提出嚴正抗議，指出文章內提到的少年A的供詞全是子虛烏有的捏造內容。

這則報導其實是由一名與雜誌社簽約的自由撰稿人所寫，當初雜誌社剛拿到稿子的時候，編輯部內就有很多人建議必須謹慎求證。因為該名撰稿人過去就曾有過捏造假新聞的不良紀錄，新聞同業裡有不少人視他為騙徒。但雜誌社最後還是刊登了這則報導，消息一出，果然批判聲浪如排山倒海而來，編輯部這才趕緊求證，到頭來落得必須撤回報導及向社會大眾道歉的下場。

少年A對偵訊人員表示「想要被判死刑」的說法，正是來自於這一則捏造的報導。

「黑色羔羊」網站上，公開了這篇早已遭雜誌社宣布撤回的報導的全部內文。其中調查員問了一句「你認為自己會受到什麼樣的懲罰」，少年A這麼回答……

——我想被判處死刑。未成年不能判死刑的規定，我認為不合理。

——死了之後，我將會脫胎換骨，以超越凡人的姿態回到這個世間。然後我會制裁像我母親及柏崎那樣的壞人，拯救像我這樣有著悲慘遭遇的孩童及婦女。

在這一則獨家報導裡，還針對這份偵訊筆錄爲什麼沒有在法庭上公布這一點，做出了合理解釋。文中指出少年A的言論實在是太荒誕不經，不管是對想要將少年定罪的檢察官而言，還是對想要保護少年的辯護律師團而言，都是「不樂見」的內容。因此這份偵訊筆錄就被偷偷處理掉了，永遠沒有攤在陽光下的一天。

雖然所有的內容都是假的，然而一旦以「報導」的形式呈現在世人面前，在現今這個網路世界裡，要完全加以刪除幾乎是不可能的事情。綽號「TERUMU」的人物正是接觸到了沒有被刪除的殘存資訊，並且信以爲眞了。

「TERUMU」的留言立刻在該大型留言板上引發了熱烈討論。大部分留言者的立場，不是對「TERUMU」給予忠告，就是加以揶揄。其中還有一名留言者似乎在現實生活中有著較爲特殊的身分，此人寫下了這麼一段話：

〈我基於立場，原本不應該在網路上的留言板針對這件事發表言論，但我無法對這樣的留言置之不理。我必須告訴大家，埼玉縣教室劫持案的少年A根本沒有自殺，他目前依然在觀護所內爲了將來能順利回歸社會而努力著。爲了他的名譽，請大家不要相信那些流言蜚語。〉

然而「TERUMU」的態度並沒有因爲這些回應而有所動搖，反而變得更加堅持己見，一口咬定少年A已經自殺是千眞萬確的事實。並且主張少年A在觀護所內自殺對國家公權力而言形同敗北，因此擅於掩蓋眞相的政府機關絕對不會承認這件事。

久而久之，「TERUMU」竟然也開始出現了擁護者。這些人相信他的說法，對「少年A已經脫胎換骨，擁有超越凡人的姿態」這種言論信以爲眞。

雖然我對網路世界稱不上熟悉，但我並沒有單純到相信所有人在網路上都能「說眞話」及「表達眞正想法」。在那群人之中，我明白一定有不少人只是覺得好玩才跟著瞎起鬨而已。但即使如此，我還是不禁懷疑那些人擁護「TERUMU」的動機，恐怕不是只有「好玩」那麼單純。

在這群人之中，有一些人主動說出自己也曾經「遭父母虐待」或「遭丈夫毆打」，還有另一些人則表示「認識某個家庭環境和少年A一模一樣的朋友」。他們不僅表示對少年A的心情感同身受，甚至還很懊惱自己沒有像少年A那樣的勇氣。

這些人的言詞到底包含幾分眞話，沒有人知道。實際上絕大多數的留言者對這些人的反應就跟對「TERUMU」一樣，不是忠告或揶揄，就是大加譴責。

過了一陣子之後，「TERUMU」爲自己的擁護者開設了一個網站。網站的名稱叫做「犧牲的羔羊」。這群人獲得了能夠安心交流的聚集地，更是肆無忌憚地發表起了各種偏激言論。

〈少年A受到懲罰實在不合理，他不僅是犧牲者，而且是一位正義之士。〉

〈自殺讓他獲得了自由。〉

〈我一直受到父親虐待，每天都想死。沒有人願意幫助我。如果少年A眞的脫胎換骨了，希望他來殺了我的父親。〉

〈他現在在哪裡？要怎麼樣才能見到他？〉

好想和少年A見上一面。要怎麼做才能聯繫上他的靈魂？脫胎換骨之後的他，有著什麼樣的外貌？我們的肉眼看得見嗎？

大約在「犧牲的羔羊」網站成立的半年後，開始有人針對這些問題做出了回應。

這個人物並不是像「TERUMU」那種秉持務實心態的協調者，而是一個「教祖」。他將個人幻想提升到了宗教的境界，並且把擁有共同幻想的集團變成了「信徒」的集團。像他這樣的人，稱之爲教祖實在是再合適也不過了。

〈我的名字是猶大．馬加比。〉

這個出現在「犧牲的羔羊」網站上的教祖，以這樣的名字來稱呼自己。這個奇特的名字，原本是西元前二世紀左右，居住在猶太地區的一名猶太領袖的名字。當地的猶太人皆信奉猶太教，卻受到異教的國王所統治。猶大．馬加比率領眾人發動獨立戰爭，擊敗了殘暴不仁的異教國王。「猶大．馬加比」這個名字，在希伯來文中的意思是「鐵鎚猶大」。值得注意的是這裡的「猶大」純粹只是猶太男人的名字，並非《新約聖經》中登場的叛徒猶大。

「鐵鎚猶大」聲稱自己是一名先知，將會「帶領羔羊們找到受膏者」。

「受膏者」也是希伯來文的直譯，其意思就是「救世主（彌賽亞）」。

「犧牲的羔羊」網站上的「鐵鎚猶大」，正是靠著這些宗教知識，以及一些充滿了正義、復仇與救贖意義的寓言故事，將網站的參與者騙得暈頭轉向，進一步掌控了人心。

若以成熟大人的眼光來看，迷失在現實與幻想（或者該說是願望）之間的「鐵鎚猶大」，其精神錯亂的程度可說是遠比其他「羔羊們」嚴重得多。猶大所描述的故事，屬於相當單純的善惡二元論。他聲稱這個世界已經徹底腐敗，受到惡魔統治。但是等到時機成熟時，神會降臨至地面，與惡魔大軍展開最終聖戰。最後神會獲得勝利，在地面上建立起一個實現眞正幸福的千年王國。有資格在這個王國裡生活的凡人，只有加入了神之陣營的英勇戰士，以及曾經遭受惡魔操弄與虐待，在歷經痛苦之後終於獲得救贖的犧牲者。

故事裡所提到的各種橋段，絕大部分抄襲自《新約聖經》中的〈約翰啓示錄〉。而且並不是徹底理解原典之後的仿效，只是隨意將來自電影、小說或漫畫中的冷僻知識胡亂拼湊而成。

即使如此（或者應該說正因爲如此），「鐵鎚猶大」的故事對「羔羊們」可說是有著十足的吸引力。他們（當然也包含我們）不見得對《聖經》的內容相當熟悉，卻一定聽過〈約翰啓示錄〉。大家不見得知道羅馬天主教的教義，卻一定對「第七封印」、「灰馬騎士」、「巨大紅龍」及「哈米吉多頓（末日）」這些字眼並不陌生。就算不明白含意也沒有關係，只要能激發想像力就行了。「鐵鎚猶大」的言詞本身並不見得有那麼大的說服力，但其抄襲的幻想創作所帶有的故事性及鮮明的啓發性，卻足以深深撼動羔羊們的心。

猶大告訴羔羊們，「黑色救世主」的出現正是最終聖戰的預兆。來到地面上的「黑色救世主」肩負一個神聖的任務，就是制裁那些囂張跋扈的惡魔僕人，拯救犧牲的羔羊們，並且召集加入神之陣營的正義戰士。

這是多麼荒誕無稽卻又陳腐老套的論點，每個環節都可說是極盡幼稚之能事。即使如此，還是能讓羔羊們感到既期待又興奮。當然有時也會出現一些外來訪客，說出一些讓羔羊們大感掃興的話。例如有某一位訪客提出質疑，爲什麼網站的創設者「TERUMU」會那麼輕易就容許「鐵鎚猶大」在網站內擁有至高無上的權力，甚至願意依照猶大的指示變更網站名稱，讓自己降格爲虔誠信徒兼忠實的網站管理員？該訪客甚至大膽推測，「TERUMU」其實就是當初將捏造的報導提供給八卦雜誌的那名自由撰稿人。對他來說，自己捏造的故事能夠在網路上以這樣的方式延續生命，應該是一件相當開心的事情吧。

另外還有一名訪客，則推測「TERUMU」是一名研究人員，正在網路上進行某種社會學實驗。當初那個「少年A自殺了」的謠言，也是他刻意放出的假消息。正因爲如此，即使他遭受了「別胡說八道」、「說出你的消息來源」之類來自其他留言者的炮火攻擊，也從不改變自己的立場與看法。

〈你們說柴野和己已經死了，眞的有人實際確認過嗎？〉

也有訪客提出這樣的質疑。

這些論點都相當犀利，卻沒有一個「羔羊」的信心產生動搖。不，或許偶而會有幾個「羔羊」稍微動搖而決定離去吧。但是當那些高呼「冷靜一點」、「用用腦袋」的訪客終於放棄勸說或感到厭煩而不再出現後，那些原本決定離去的羔羊們又會在不知不覺之中悄悄回到網站的懷抱裡。

在這五年之間，網站雖然有著成員增減、討論熱度忽高忽低等現象，但如今羔羊們已經自行把幻想提升到了「教義」的層級。不管是少年A的自殺，還是少年A死後脫胎換骨，以超越凡人的姿態從回人世，對羔羊們來說都是完全不容懷疑的事實。他們的歷史，正是奠基在這些事實之上。

黑色救世主回來了。他成為擁有強大力量的正義使者，重回到這個塵世。他不斷拯救無助的孩童與柔弱的婦女，與惡魔的僕人交戰，並且一次又一次獲得勝利。黑色的羔羊們都可以親眼目睹救世主的戰果。

要做到這一點，其實一點也不難。畢竟現在的日本隨時隨地都在發生犯罪事件及意外事故，不管是上網、看電視、看報紙，還是看雜誌，都可以找到這一類新聞。

「鐵鎚猶大」只要隨便舉出一條新聞，如此告訴羔羊們就行了。

「這就是黑色救世主的義行。」

只要是猶大說出來的話，就算沒有任何根據或證明，也會受到全面信任。諸如令人感慨卻又頻頻發生的血親凶殺案、建築工地的傷亡事故、隨機下手的強盜殺人案，就連跳軌自殺及海難事故，也可以成爲黑色救世主制裁惡魔僕人、拯救了受虐者的鐵證。對羔羊們而言，這是一場名副其實的「聖戰」。

只要猶大指出某一起犯罪事件或意外事故是出自於黑色救世主之手，羔羊們就會自行從案情中挑出「受虐者」及「惡魔僕人」。有時受虐者在案情裡會成爲受到譴責的加害者，而惡魔僕人會成爲新聞媒體所報導的受害者，從前少年A的親身經歷正是最好的例子。但是羔羊們不會被這些表象所蒙蔽。他們眼中的眞相，永遠都藏在新聞媒體、司法及警察的力量所無法觸及的深處。他們可以把眞相看得一清二楚，但他們從來不進行任何搜索或訪查。反正他們就是能夠看見眞相。

然而另一方面，羔羊們的眼睛卻無法看見黑色救世主。因爲此刻時機尚未成熟。唯一能夠親眼看見黑色救世主，並且掌握其行蹤的人，就是「鐵鎚猶大」。這樣的說詞明明一聽就知道充滿了敷衍與推託，羔羊們卻沒有一絲一毫的懷疑。

〈只要抱持信心，總有一天我也能得救。〉

羔羊之一，是一名不斷遭受母親男友性虐待的少女。她不斷在網站上寫出這樣的詞句。

〈黑色救世主一定會出現在我的身邊，帶著我脫離苦海。〉

柴野和己曾經以自己的名字做爲關鍵字，嘗試在網路上進行搜尋。不難想像當他發現這個網站時，內心會多麼驚訝。因爲在這個網站上，他是個已死之人。不但已經死了，而且死後重獲新生，打倒了許多莫名其妙的「惡人」。在這個網站上，他成了受到崇拜的救世主。

「剛開始的時候，和己不敢告訴別人，一個人悶在心裡。」寺嶋說道。

因爲這實在太荒唐、太不可思議，和己在那當下完全不知如何是好。

「後來他告訴我，一開始他還一度懷疑那是個惡劣的玩笑。」

——既然這麼多人都說我死了，我是不是應該眞的死了比較好？

直到上個月中旬，和己才一臉沮喪地把這件事告訴寺嶋。

「我跟那位擔任保護司的老闆看了網站之後，也嚇得目瞪口呆，不曉得該對和己說什麼才好。」

但保護司馬上就恢復了鎮定。首先他告訴和己，有這種網站並不是你的錯，你並不需要負任何責任。你已經接受了必要的醫療處置，也已經受到了懲罰，成功回到社會上，那些人跟你一點瓜葛也沒有。

「接著他勸和己別再上網看這些東西。爲了讓和己暫時冷靜一下，他沒收了和己的手機和電腦。」

保護司建議和己以自己的日常生活爲重，和己乍看之下似乎也同意了。

「但和己其實心裡很害怕。這不能怪他，任誰看見那樣的東西，都會耿耿於懷吧。」

寺嶋與柴野和己如今還處於努力修復父子關係的階段。雙方依然保持著一定的距離，不敢太過深入對方的生活。和己那一邊有何理由不得而知，但至少寺嶋很清楚自己的理由。

「因爲我完全不了解和己的過去。我不知道他在犯下那起案子之前，過著什麼樣的生活。至於警察對他的調查、在法庭上的審判，以及在醫療少年院、觀護所內發生過什麼事，我也只知道一些間接聽來的毛皮。我相信其中一定還有很多和己不想告訴我的部分，我也不認爲自己有勇氣要求他全部說個清楚。搞不好他眞的曾經有過一兩次企圖自殺的想法，只是沒有付諸行動而已。」

但有一點，寺嶋認爲自己肯定沒有想錯。

「和己犯下那起案子，雖然殺了兩個人，卻也因此獲得了解脫。他得到了律師的幫助，得到了醫療少年院及觀護所的職員及教官的幫助，現在又得到了保護司的幫助。雖然和己必須一輩子背負著罪業，但如今的他已經有能力勇敢面對自己的痛苦回憶，以及自己犯下的過錯。他還說如果時光可以倒轉，他希望回到犯案之前，找出不必殺死直子及柏崎，卻能逃走或改變現況的方法。他說無論如何，殺人是不對的行爲，不管有任何理由都不應該做出那種事。」

正因爲如此，網站上那些傢伙更加令人生氣。

「他們竟然擅自把和己拱出來，讓他幹那種『殺人』的事情，還說他是什麼救世主，眞是可惡。」

和己雖然由保護司負責照顧，但不是二十四小時受到監視，當然也沒有遭到限制行動。即使如此，和己在出所之後大約有一年的時間，不敢一個人外出。他害怕有人發現自己的身分，害怕遭人在背後指指點點，因此不敢踏出家門一步。

「那陣子保護司跟我經常帶他出門，才讓他慢慢習慣了。」

然而和己好不容易才找回的自由感，在這件事情上卻反而造成了麻煩。即使寺嶋及保護司再怎麼勸和己「趕快忘記」，甚至把和己的手機及電腦沒收，和己在街上也可以輕而易舉找到能上網的地方。

寺嶋的心中感到極度不安，在僱用我進行調查之前，其實早已採取過行動。他的做法很單純，就是偷偷跟隨在和己身後。

「我帶著他外出逛街，結束之後我擔心他會亂跑，所以一直偷偷跟著他。就只是這樣而已，並不是什麼大不了的行動。」

果然不出寺嶋所料，和己在與寺嶋分開後，獨自走進了鬧街上的網咖。

「同樣的事情發生了兩次，第二次我實在忍耐不住，走過去把他叫住了。」

和己發現自己被跟蹤，並沒有生氣。

「他只是一臉蒼白地告訴我，那個網站上的人又把另一起案子當做『聖戰』，正在熱烈討論著。」

和己接著又說，他很想在網站上留言，卻又拿不定主意。

「和己跟我說……他想報上姓名，告訴他們自己還活著，並沒有自殺，或許這麼做能讓幾個人清醒。」

寺嶋聽了極力反對。當下寺嶋告訴和己，你就算留了言，也收不到任何效果，他們絕對不會相信你。那些傢伙的想法是無法改變的，你這麼做只會把自己搞得心煩意亂而已。

「何況和己現在還處於保護觀察期間，一旦跳進去蹚渾水，要是惹出什麼事情，可就得坐牢了。」

但其實寺嶋更害怕的一點，是那些「羔羊們」肆無忌憚地談論殺人、報仇的議題，可能會導致和己的心態受到影響。

「那些人有幾個是眞正的犧牲者，我並不清楚，也不想了解。我只知道和己確實是犧牲者，而且是終於振作了起來，可以好好重新過人生的犧牲者。」

和己最後決定不在網路上留言，但不是因爲被父親說服，而是感受到了父親心中的恐懼與不安。寺嶋提議透過保護司通報有關當局，利用公權力制止那些黑色羔羊們繼續拿柴野和己當成妄想的材料。但這次輪到和己極力反對。

——這麼做反而會把事情鬧大。要是驚動了媒體，爸爸的家人都會受到連累。

和己接著又強調，不論任何言論都不應該受到公權力打壓。

——想要強行鎭壓，只會遭到更頑強的抵抗。

我不禁心想，看來柴野和己確實比一般年輕人聰明。

父子兩人討論起接下來該採取什麼樣的行動。寺嶋建議把這件事當成兩個人的祕密。不把任何人扯進這個麻煩之中，不告訴任何人，就算在保護司的面前也要裝做什麼事都沒有發生。

「但是和己對我這麼說……」

——那些人如果只是想要坐著等待救贖，我也沒辦法干涉。

——但是看網站上的留言，有些人的心態顯然並非如此。有一部分的人，並不甘於乖乖等待。

〈每天晚上，我都躲在棉被裡祈禱。我祈禱自己也能夠獲得勇氣，以及打倒罪惡的力量。〉

〈只要我能親手打倒敵人，拯救自己，我就不再是單純的信徒，而是黑色救世主的戰士了，對吧？〉

〈好想早點獲得黑色救世主的允諾，加入神之陣營。〉

這些人極度渴望能夠打倒敵人。

「這代表他們的心裡都抱著想要殺人的想法。當然這跟和己一點關係也沒有，但和己過去做的事情就像是爲他們做了一次示範。」

——所以我沒有辦法對他們置之不理。

「和己說，如果那些人眞的鬧出了事情，他也得負一些責任。」
寺嶋當時聽了氣得直跳腳。
「爲了勸和己別理那些人，我忍不住說出了一句不應該說的話。我告訴和己，就算有人因此而被殺，那個人也是罪有應得的壞蛋，你根本不必在意。」
但柴野和己以冷靜的口吻如此反駁失去理性的父親。
——爸爸，就算是再壞的人，也不能隨便殺死。我從前的做法是錯的。
「我告訴和己，你並沒有做錯什麼。如果我當初在那個家庭裡，爲了保護你，我也會動手殺死直子和柏崎。但是和己只是重複說著不對、不可以那麼做。」
從前一度失去了心靈，變得有如機械一般的少年，如今已成長爲一個沉著穩重的年輕人，冷靜地安撫著父親的情緒。此時的他不再是缺乏情感，而是獲得了控制情感的能力。
——而且，爸爸你仔細想想，這可能發生一種最壞的情況。某個留言者可能會因爲妄想而誤以爲自己是受害者，胡亂把周圍的人當成敵人，因而產生了「反正他是惡魔的僕人，就算殺死也沒關係」的念頭。
——那種相信只有自己才知道眞相，只有自己才能替天行道的人，不知道爲什麼，總是有這樣的傾向。
殺人兇手擔心宗教狂熱分子成爲殺人兇手……和己的立場實在是太具有說服力了。

「所以我拚了命思考該怎麼做才好。說起來諷刺，因為我跟和己並沒有住在一起，手機及電子郵件反而派上了用場。」

寺嶋接著又說，雖然是基於這種特殊情況，但能夠跟和己親密交談，自己還是覺得很開心。

「和己提出了一個建議。他說不如我們看看那些人拿什麼案子當成『聖戰』，我們就好好調查那個案子。最好是最近才發生的案子，而且最好是不太引人注意的意外事故，不要挑兇殺案或搶劫案。新聞媒體沒有詳細報導，猶大才能隨便捏造情節，那些信徒也才能做出各種妄想。」

和己認為調查出了案件的詳情之後，把死亡人物及其家屬的詳細資訊寫在網站上，或許能發揮一些作用。

「說是運氣好，或許有點不太適當，總之我們剛好遇上了一起相當合適的案件。」

今年一月二十九日深夜，東京都內的某幹線道路上發生了一起私家車的自撞車禍。原因似乎是駕駛者打瞌睡，車子直接撞上中央分隔島的鋼製護欄，完全沒有剎車。車子起火燃燒，駕駛者當場死亡。

駕駛者是一名已婚的四十五歲上班族，有一個十二歲的女兒。根據「黑色救世主與黑色羔羊」網站上的「解讀」，這名上班族是因為長期性虐待女兒，才受到黑色救世主施加制裁。

「妳在這方面是行家，應該很清楚在調查這類事故的時候該從什麼環節下手，但我跟和己都是門外漢，完全沒有頭緒。我們決定一同前往事發現場，想要找找看有沒有什麼線索。」

那是上個星期日的下午才發生的事。

「當時護欄已經被修好了，但是分隔島上的植樹區裡還殘留著燒焦的痕跡。我跟他並肩站在人行道上，看著據說當時車子正面撞上的那個地點。根據媒體的說法，當時車子整個陷進護欄裡，車身擠壓到剩下一半的長度。因此我心想，就算沒有起火燃燒，駕駛大概也是難逃一死吧。」

寺嶋轉頭一看，發現柴野和己的臉色不太對勁。和己簡直像是遭到了凍結一般，愣愣地站著不動，連眼睛也沒眨一下。

「我拍拍他的肩膀，問他怎麼了，他臉上的表情簡直就像是剛從睡夢中醒來。」

——爸爸，你看到了嗎？

「我問他看到了什麼。那是一條四線道的馬路，發生事故的中央分隔島附近並沒有行人穿越道，不僅沒有人，就連貓、狗或鳥兒也沒一隻。」

沒想到和己竟然像洩了氣的皮球一樣癱坐在地上，雙手捧住了自己的頭。

——原來爸爸看不見。

「他說他看見了我看不見的東西。」

於是寺嶋再三追問他到底看見了什麼。和己沒有答話，只是蜷曲著身子不斷打著哆嗦。一會之後，和己忽然說要回去了。

——不用調查了，繼續查下去也沒有意義。

最後和己終於說出了他看見的東西。

——黑色救世主。

和己說，那看起來就是個怪物。

「那個東西絕對不是人……但是，爸爸……」

——那個東西有著跟我一模一樣的臉孔。

和己聲稱他看見了只有「鐵鎚猶大」才能看見的「黑色救世主」。

「從那天之後，和己再也不願提起關於那個網站的事情。他只是一再對我說……夠了，我已經知道是怎麼回事了。」

因此寺嶋來到了我的事務所。

「東進育英會的橋元先生並不知道詳情。我對他撒了謊。我沒有告訴他，是我自己想要委託調查事情。我只說有個客人的孩子遇上了一些麻煩，想問問看哪裡有值得信賴的徵信社。」

我心想，發生車禍的死者家屬裡，確實有個十二歲的少女，所以這或許也不算是個謊言吧。

「橋元先生一直稱讚妳，說妳口風緊，而且對處理孩子的問題很有一套。孩子大多口無遮攔，但妳不管聽見孩子說出什麼話，都不會表現出驚惶失措的態度。」

寺嶋接著對我深深一鞠躬，說道：

「所以我想請妳幫我查一查。不管是那起車禍的詳情也好，還是和己看見的東西也好，不管從哪個方向下手都行。我已經完全沒有頭緒了。」

那起車禍眞的是一場聖戰嗎？眞的是一次制裁嗎？

柴野和己到底看見了什麼？

難道他眞的看見了「鐵鎚猶大」說得煞有其事，令信徒深信不疑的「黑色救世主」？

爲什麼他強調那是「怪物」？爲什麼那個怪物有著跟和己一模一樣的臉孔？

我自己也很想知道這些問題的答案。

4

我進行了所有必要的調查，蒐集了所有必要的證據資料。發生在一月的那起車禍，完全沒有任何疑點。至少就表面上看來，那就只是一起不幸的意外事故。

爲了拍攝照片，我也跑了一趟事發現場。我站在當初寺嶋與和己所站的位置，按下了快門。

護欄上的修理痕跡已不太明顯，當然也沒有看見疑似「黑色救世主」的身影，或是有著柴野和己臉孔的怪物。洗出來的照片上，也沒有任何可疑之處。

我頻繁地與寺嶋聯絡，名義上是為了向他報告調查進展，實際上我只是想知道柴野和己的現況。

寺嶋說和己顯得有些無精打采。雖然保護司禁止他使用電腦，但他似乎常常會上網咖，確認「黑色救世主與黑色羔羊」網站的動向。但是到頭來，寺嶋也不清楚詳情。

「他不再跟我談那些人的事。就算我問了，他也不講。」

——不用管這個了，爸爸。

「所以我無法確認他的一舉一動。但從他的態度，我可以看得出來他並沒有放下這件事。一起吃飯的時候，他常常會露出心不在焉的表情。」

據說和己的生活表面上沒有任何變化，工作上也沒有任何問題。公司預定在五月的時候，趁著連假舉辦一場兩天一夜的員工旅行，老闆大費周章地做了許多安排，和己談到這個話題時也顯得相當期待。

「但願是我自己杞人憂天了。如果他是真的『不想管了』，不知該有多好。」

一點也不好。他看見了某樣東西，這是毋庸置疑的事情。

我很想知道他到底看見了什麼。因此我想辦法拖延時間，靜靜地等待著，爲的就是在合適的時機與柴野和己見上一面。

我並沒有等待太久的時間。就在陰鬱的天空下開始綻放櫻花的時期，又發生了另一起案子。

那是一起家庭內的人倫悲劇。住在東京都內某公共住宅的一名國中二年級少女，以菜刀殺死了母親。那是一個單親家庭，少女原本和母親相依爲命，但少女嫌母親太過干涉自己的生活方式及人際關係。少女聲稱自己殺害母親的動機，只是認爲只要母親不在，自己就能過逍遙自在的生活。她的態度不像柴野和己當年那麼冷靜，能夠運用的詞彙也不像和己那麼多，但若要比率直與絲毫不感到慚愧的態度，可說是有過之而無不及。

然而相信不久之後，少女就會開始反省了。她應該會後悔地痛哭流涕，向過世的母親道歉。這不僅是必然的結果，同時也是正確的結果。

「鐵鎚猶大」並沒有認定這個案子是「黑色救世主的義行」。他一直保持著沉默。然而有一部分「羔羊們」卻對這個案子產生了反應。

〈這應該也是義行吧？〉

〈先知應該是在測試我們能不能自行分辨出黑色救世主的義行。〉

〈那個少女不是遭母親控制了人生嗎？她一定曾經像奴隸一樣被綁起來，就像我一樣。〉

這是義行、這是義行、這是義行……這樣的聲音在網站內不斷擴散。我看見了，柴野和己應該也看見了。

——那種相信只有自己才知道眞相，只有自己才能替天行道的人，不知道爲什麼，總是有這樣的傾向。

沒錯，這也是「傾向」之一。就算猶大保持沉默，羔羊們也不可能對如此引人注目的案子視而不見。凡是盲信、迷信之類的思想，必定會從某個階段開始擁有自己的生命，不再受到控制。邪教的教祖往往會與信徒一同步上滅亡之途，正是因爲對信仰失去了掌控能力。

如今的黑色羔羊們，已不再需要鐵鎚猶大了。

我聯絡寺嶋，提出了想要與柴野和己見一面的要求。

「那起女國中生弒親案，應該讓他的心情變得相當浮躁。這時候與他溝通，想必能收到一些效果。」

寺嶋同意了。但接著我又表示希望能與和己私下對談，這次寺嶋堅決反對。

「我不放心交給妳一個人！」

「你是他的父親，如果你在場，有些話他可能說不出口。」

「我要怎麼對他說明妳的身分？」

「老實說就行了。」

「和己恐怕不會想見你。」

「如果是這樣的話……」我說道，「請你轉告他，我知道他看見的那個東西是什麼，而且很樂意告訴他。」

柴野和己答應與我見面。

「你的兒子有權利第一個知道。」

「妳說什麼……？」寺嶋以沙啞的聲音說道，「妳查出眞相了？」

如今已二十六歲的和己，已經從一個弱不禁風的少年，轉變爲一個身材削瘦的年輕人。他長得眉清目秀，雖然頭上的髮型相當樸素，一看就知道平時上的是傳統理髮店而非時髦的美容院，身上也沒有耳環、項鍊之類的飾品，卻散發出一種能夠吸引他人目光的魅力。對他的人生經歷一無所知的人，或許會誤以爲他是追求某種藝術創作的纖細青年，例如音樂家、畫家或小說家。

「我只給妳兩小時。」寺嶋說道，「今天和己原本應該要和我在一起。兩個小時一到，我立刻就會回來。」

「爸爸，你不用擔心。」

和己的容貌一點陽剛味也沒有，與父親截然不同，顯然是遺傳自母親。不過雖然他跟寺嶋長得一點也不像，聲音卻是十分神似，如果是在電話裡交談，恐怕會分辨不出來。

「你去看電影吧。等等要是老闆問起電影的感想，可不能一個字都回答不出來。」

「等等你們談完之後，我們再一起去看。」

和己不禁露出苦笑，「爸爸，那你要怎麼消磨時間？」

「那不重要。」

兒子將父親推出了我的事務所，寺嶋一邊走還一邊頻頻回頭。

柴野和己不像他父親剛來的時候那樣，在我的事務所裡左顧右盼，試圖找出能夠看清我的底細的東西。我請他就座，他馬上就走到待客用的沙發上坐下了。他看起來一點也沒有緊張或不安。剛剛走出去的父親反而像是問題人物，兒子只是陪同前來而已。

「女性的徵信社調查員很少見嗎？」

我正站在辦公桌的前方，手裡拿著收納文件資料的檔案夾，他突然抬頭這麼問我。

「並不算少，《男女雇用機會均等法》在這個業界也是有效的。」

他並沒有露出笑容，只是一臉認真地說了一句「原來如此」。

「妳眞的是調查員嗎？」

「爲什麼這麼問？」

「我猜想妳會不會是心理輔導員或醫生。」

我沒有回應這句話，只是將頭微微歪向一邊，目不轉睛地看著他。他眨了眨眼睛之後將視線往下移，說道：

「因爲妳看起來實在不像調查員。」

「我想你過去應該見過不少心理輔導員及醫生，但是徵信社調查員的話，你應該還是第一次見到吧？你怎麼會知道我不像調查員？」

和己老實地向我道歉，「對不起，我這麼說太失禮了。」

「沒關係，你不用介意。」

柴野和己忽然像是鼓起了勇氣，抬頭看著我，以及我手中的檔案夾。

「我會這麼想，其實是因爲妳對我父親說的那句『我知道你看見的是什麼』。」

「這聽起來像是心理輔導員或醫生會說的話？」

「嗯。」

「那我問你，如果是心理輔導員或醫生，會怎麼告訴你？你看見的那個東西是什麼？」

他的視線沒有移動，雙眸卻在瞬間微微失焦，顯然正在心裡反問著自己。

「幻覺。」

他的口吻相當冷靜，就和十四歲時的他一樣。

「我怕父親擔心，一直沒跟他說。」

「所以你才叫他別再理會這件事？」

和己面無表情地點點頭。

「以前我也常發生這樣的狀況，就在犯案的那一陣子。」

「看見不存在的東西？」

「明明現實中並不存在，卻能看得一清二楚，宛如就在我的面前。」

「你看見過什麼樣的東西？」

「食物。」

和己想也不想地回答。

「例如蛋糕或麵包。有時我想要拿來吃，會發現眞的拿得起來，但是卻沒辦法吃。一放進嘴裡，我就會清醒，察覺那不是現實。」

我這才想起，他的童年時期一直處於飢餓的狀態。

「有時我還會看見學校老師站在公寓門口，或是看見門口停了警車，好幾名警察從警車上走了下來。明明只是心中的期盼，並沒有眞的發生，卻會出現在我的面前。」

而且他的童年時期一直處於渴望救助的狀態。

「我也曾經看見我自己，懸浮在天花板附近，俯視著我、媽媽及那個人。」

「那個人是指柏崎紀夫嗎？」

他沒有回答這個問題，只是點了點頭。「宛如靈魂出竅一般，看見自己浮在半空中。現實中當然不可能發生那種事，所以那也是幻覺。」

我並沒有詢問當他看見那些幻覺時，母親及柏崎正在做什麼（或是正在對他做什麼）。只要符合特定條件，即使是身心健全的人，也會產生類似靈魂出竅的症狀。但以柴野和己的情況來看，這應該是一種緊急自我防衛的機制，可以視為輕微的解離症狀。若考量他所置身的殘酷環境，那就一點也不奇怪了。

「你曾經對人提過這件事嗎？」

和己遲疑了一下，「我沒對警察說，但是對律師說了一點。」

「你不是接受過精神鑑定嗎？那個時候呢？」

「也只稍微提到。我怕說得太詳細，會被認爲我在撒謊。」

「你不希望被別人認爲你在撒謊？」

「那是我最討厭的事。」

「那時候的你，也能做出這樣的判斷？」

「但這並不表示我當時是正常的。」

和己似乎認爲我在譴責他，因而加重了語氣反駁道：

「待在醫療少年院裡的那段期間，我自己很清楚地體會到了這一點……他們眞的給了我很大的幫助，所以這次我也打算找他們商量這件事。」

「你指的是醫療少年院？」

「對。」

「你不打算告訴你的父親及保護司？」

「畢竟這是我自己的事情。」

「你指的是看見了幻覺這件事？」

「對。」

和己的態度沒有絲毫迷惘。

「你看見了某樣東西，但是你父親沒有看見，所以你認定那是幻覺？」

他急促地點了兩、三次頭。

「你有沒有想過，爲什麼你又會看見幻覺？現在的你，在生活方面及心情方面應該都很安定才對，不是嗎？」

柴野和己皺起眉頭，「這妳應該也很清楚，當然是因爲那個網站的關係。」

「『黑色救世主與黑色羔羊』網站上的虛構故事，影響了你的心情？」

「大概類似受到洗腦或傳染吧。」

「爲什麼你會受到洗腦？那不都是些很荒唐的妄想嗎？就連那網站上的成員，到底有幾成是抱著認眞的心態，也很令人懷疑。」

他沒有立即回答我這個問題，眼睛似乎微微顫動了一下。接著他垂頭喪氣地說道：

「即使是現在，我還是沒有完全變成正常人，所以我根本沒有資格擔心那些『黑色羔羊』。什麼想要阻止他們、想要感化他們，都是太過自以爲是的想法。」

「所以你才要你父親別插手這件事？」

我繞過桌子，走到他的面前，將檔案夾遞給他。

「你容易暈車嗎？」我問。

他伸手接過，愣了一下。

「在車裡讀字會暈嗎？」

他看了一眼檔案夾，「應該不要緊。」

「好，那我們走吧。」

我拿起了放在辦公桌腳邊的公事包。

「雖然是老舊的豐田Corolla，在東京都內慢慢開還不成問題。」

柴野和己跟著站了起來，「我們要去哪裡？」

「國二女生殺死母親的案發現場，如今黑色羔羊之間最熱門的話題。你不想去確認一下，會不會又看見幻覺嗎？」

我一面走向門口，一面解釋道，「那個檔案夾裡是一份調查報告書，關於在一月二十九日的車禍中死亡的男人，跟他的家屬。」

那是一個最近似乎改建過的四層樓公共住宅社區，米黃色的外牆依然乾淨明亮，窗戶的金屬窗框閃耀著銀色光澤。

公寓共有十棟，分別座落在一條雙線道馬路的兩側，發生弒母案的那對母女所住的那一戶，大門正面對著馬路的方向，我就把車子停在門口處。

由於是星期日的白天，門口不少人進進出出。社區的內部似乎有座兒童公園，隱約可以聽見孩子的嬉笑聲隨風飄來。原本多變的氣候到了週末終於撥雲見日，天空蔚藍晴朗且幾乎沒有風，植樹區裡可看見鬱金香及三色堇綻放著花朵。

一路上，柴野和己一直坐在副駕駛座讀著報告書。他並沒有暈車，臉上毫無血色多半是因爲內容的關係。

下車的時候，他有點站不穩，趕緊扶著車身才沒有摔倒。車子好久沒洗了，上頭留下了淡淡的指痕。

警方的現場勘驗早已結束，禁止進入的標示物也已經撤除。但是那對母女的住處大門，依然貼著黃色的膠帶。外圍走廊的扶手是水泥製，遮蔽了正面的視野，只有從外側階梯的方向往門口看，才能看見印在膠帶表面的黑色文字。

刺眼的陽光迎面射來，我將手掌放在額頭上，有點後悔沒有把太陽眼鏡順手放進公事包裡。

柴野和己愣愣地站著，一副不知道該做什麼的模樣。剛剛讀完的那份報告書，如今正凌亂地散落在副駕駛座上。

「……看見什麼了嗎？」我問道。

他皺起眉頭，彷彿我對他說了什麼荒唐又下流的話。接著他緩緩轉動脖子，將視線朝我射來。

「例如有著你的臉孔的怪物。」

我凝視著那對母女的住處大門，以側臉承受他的視線。

「當初你們前往車禍現場，你立刻就看到了怪物，現在呢？」

「什麼也沒看見。」他以微微顫抖的聲音說道。我不禁心想，這對父子連聲音的顫抖方式也很像。

「如果那是幻覺，你應該還會再度看見。」我說道，「既然你已經受到洗腦，認爲這是黑色救世主的義行，你應該能看見救世主才對。」

柴野和己沒有答話，他就像我剛剛一樣，將手放在額頭上，凝視著那扇門。他看得目不轉睛，一隻手掌似乎還不夠，又放上了另一隻手掌。

「看不見嗎？那也沒關係，看不見才是正常狀態。」

我接著從公事包裡取出另一份檔案夾，朝他遞了過去。

「這是這起國二少女弒母案的調查報告書，我還弄到了母親遺體的驗屍報告。」

他的手在微微發抖，一時之間沒有辦法將檔案夾打開。

「不用全部讀完，你只要讀第一頁就夠了。」

他的一對眼睛直盯著報告書上的文字，彷彿一個飢腸轆轆的人終於拿到了食物。

「殺害母親的女學生，是個惡名遠播的不良少女。」

柴野和己的臉色甚至變得比剛剛更加蒼白了。我凝視著他的側臉說道：

「被警察逮過好幾次，還曾經遭學校停學。她讀的是公立學校，竟然還會被停學，可見得不知幹了多少壞事。」

柴野和己接著翻到了遭殺害母親的驗屍報告。

「上頭寫得很清楚，母親的身上有著經常遭毆打的傷痕，甚至還有燒燙傷及骨折痊癒後的痕跡。換句話說，在那扇門裡遭到虐待的不是女兒，而是母親。爲了讓女兒改過向善，母親生前不知做了多少的努力。」

因此這起事件絕對不是黑色救世主的義行。

「『鐵鎚猶大』知道這一點，所以他沒有對『羔羊們』提到這起事件。」

但是那些黑色羔羊卻擅自起鬨，認定這起事件也是義行。

這是一種褻瀆。

「一月二十九日的那起車禍完全不同，那才是眞正的義行。那不是一種比喻或修飾，而是眞正的義行。所以你才會在現場看見黑色救世主。你受到了指引，獲得了在那裡親眼目睹救世主的殊榮……」

我說到這裡，趕緊用力搖頭，改口說道：

「不對，不應該這麼說。你在那裡看見的並不是救世主，因爲你自己就是救世主。你在那裡看見的是……」

是神。

「是復仇之神，是正義之神。怎麼稱呼並不重要。總之祂的出現，是爲了拯救遭到虐待的羔羊，對邪惡的世人施加制裁。『鐵鎚猶大』一直引頸期盼著祂的降臨。」

檔案夾從柴野和己的手中滑落，裡頭的報告書在他的腳邊散了一地。他一臉愕然地凝視著地面，半晌後開口問道：

「……妳到底是誰？」

眞是聰明的年輕人。不愧是救世主。

我凝視著他的瞳孔深處，說道：

「我的名字是猶大・馬加比。」

鐵鎚猶大正是我。

我並沒有對寺嶋說謊。柴野和己殺死母親的時候，我還不是個調查員。十年前我才進入一家位於東京的大規模徵信社工作，七年前我才獨立創業，有了自己的事務所。

沒錯，我並沒有對寺嶋說謊。

我只是沒有對他說出一些事實而已。我不僅知道柴野和己的案子，而且記得一清二楚。我對那個案子的每個細節都瞭如指掌。但我不是在那起案子剛發生的當下，就對那起案子如此熟悉。自從成立了自己的徵信社事務所之後，我感覺自己的心靈因爲這個工作而一天天磨耗。就在這時，我偶然間看見了「TERUMU」的留言。「TERUMU」爲了讓認同他的人有一個交流的空間，而設立了一個網站。從那個時期開始，我就不斷注意著這群人的一舉一動。

在觀察的過程中，我的內心逐漸產生了一個幻想。比其他絕大部分的羔羊們的幻想都更加眞切，而且對我來說重要至極。

從事調查員的工作不過短短三年的時間，我就大膽地獨立創業，並不是因爲我有信心能夠在這一行混下去，而是因爲我感覺到自己若不具備足夠的權限，有太多的案子沒有辦法眞正解決問題。

在大型徵信社工作的那個時期，我主要負責的是與孩童有關的案子。理由多半是因為我是女性，當時的上司認為這樣的案子適合交給我負責。

事實上，我自認為是個相當優秀的調查員。不僅優秀，而且誠實。正因為如此，我常會產生無力感。這也是我不理會旁人的勸告，堅持獨立創業的最大動機。結識東進育英會的橋元理事是一件相當幸運的事，但我並不是從一開始就打算依靠他。

與孩童有關的案子，發生的地點大多是學校或家庭，這些都是外人無法進入的密閉環境。即使是任何人都能看出誰是加害者、誰是受害者的案子，一旦發生在這種密閉環境裡，最後的解決方式往往是不了了之。等待拯救的人無法獲得拯救，身上的傷痕遭到擱置不理，加害者反而受到保護，沒有受到制裁的一天。

我沒有辦法忍受這種事情。我本來以為只要自己當老闆，就不會調查到一半突然被上司要求停止調查，或是想要通報有關當局卻遭到阻止。

但是我錯了。即使沒有了扯後腿的上司，依然不能改變我只是一介調查員的事實。委託我調查校園內霸凌問題的學校，如果企圖隱蔽我所查出的眞相，我根本沒有能力加以阻止。調查教師對學生施暴的案子，也面臨同樣的窘境。至於調查孩童遭父母虐待的案子，就算受虐孩童說出了關鍵證詞，如果孩童不同意告發父母，我也不能擅自採取行動。而且如果委託者認為父母也與孩童一樣必須受到保護與教育，揭發虐待眞相也將成為空談。

這個工作的背後並不存在正義。有的只是大事化小、小事化無的心態，以及對「血濃於水」、「父慈母愛」之類性善思想的盲目信仰。

邪惡的勢力橫行無阻，正義的價值低於塵芥。

我開始認爲自己是一個失敗者。不，如果只是一個失敗者，那也就罷了。但是隨著知道眞相卻無能爲力的狀況一再發生，我開始認爲自己不僅是失敗者，更是罪惡的共犯。這是我無法忍受的事。

就在這時，我看見了「TERUMU」的留言，得知了這一群「犧牲的羔羊」的存在。

剛開始的時候，我並不打算控制他們，也不認爲自己能控制他們。我以「鐵鎚猶大」的名義與他們交流，只是因爲我感覺自己的人生已到了走投無路的地步，忍不住想要靠這個方法來讓自己一輩子不曾實現過的正義感獲得滿足。

我編造了「黑色救世主」這個人物，讓他實現我所追求的正義。在描述這個故事的過程中，我感覺到原本無處發洩的怒火消褪了不少。

我沒有想到那些人眞的會相信。

他們的信任，帶給了我莫大的力量。於是我繼續訴說，繼續誆騙他們。我很清楚自己在說謊。在描述與誆騙的過程中，我並沒有感覺到自己的一言一詞逐漸轉化爲現實。我並沒有那麼愚蠢。我並沒有一分一秒認爲我所描述的故事能夠改變眞實世界。既然是欺騙的行爲，總有一天得收手。尤其是最近，我開始感覺再不收手不行了。理由很簡單，正如同柴野和己所提出的憂慮，那些羔羊們就像脫韁的野馬，開始不受猶大的控制。

沒想到就在這時，寺嶋出現了。

緊接著柴野和己也出現了。

在那之前，我根本不認識現實生活中的他。我對他的理解，全來自於新聞報導。我不知道他如今過著什麼樣的生活，也不曾認眞調查過。

在我的故事裡，他具有相當重要的意義。但那是因爲他是個現實世界中的犧牲者，而且靠著犯下那起案子實現了正義。對於在法庭上遭受審判，接受了治療、職業訓練與再教育，成功回到社會的少年A，我一點興趣也沒有。他明明做的是伸張正義的行爲，卻「悔改」與「更生」了。他已不再是當年那個少年A，我一點也不想知道他的近況。

我對他沒有興趣，他卻出現在我的面前。

而且他眞的看見了黑色救世主。

這意味著我的祈禱靈驗了，我的故事成眞了。

「『鐵鎚猶大』在指出『這就是黑色救世主的義行』時，其實並沒有任何根據。」

只是把現實中發生的案件與「受虐者及惡魔僕人的故事」強行拼湊在一起而已。

「只是先排除差距太大的案件，然後在剩下的案件裡隨意挑選。這不是理所當然的事嗎？

就算我對自己經手調查的案件的後續處理方式感到不滿，也不可能寫在網路上。我從來不指望那個網站能夠在現實世界中發揮作用，我只是想要靠幻想來紓解壓力而已。」

柴野和己的表情逐漸蒙上了一層陰影。此時太陽在他的正後方，但不知爲何，他看著我的雙眼卻瞇成了細縫，彷彿正在看著什麼刺眼的東西。

「唯獨一月二十九日撞上中央分隔島的那起車禍不同。」

我蹲了下來，拾起掉落在他腳邊的檔案夾，從車窗扔進了副駕駛座的座位上。

「這兩份調查報告書都寫得很詳細，對吧？因爲這些內容可不是我在這兩天才匆忙趕出來的。」

我調查國二女學生弑母案，是爲了確認這是不是黑色救世主的義行。在得知柴野和己眞的看見了黑色救世主之後，「隨口胡謅的義行」對我來說已失去意義。因此在查到了女國中生的惡行惡狀後，我並沒有告訴羔羊們「這是義行」。

「至於那起意外車禍，則是死者家屬……正確來說是死者的妻子委託我查的。」

她在去年的盛夏時期，走進了我的事務所。

——我丈夫好像一直在對女兒做奇怪的事情。

女兒在身體及心靈兩方面都已出現了嚴重問題，不僅沒辦法上學，而且得了厭食症，隨時隨地都彷彿在恐懼著什麼。

——不久前她終於願意對我吐露一點……她哭著對我說，爸爸對她做了噁心的事。

妻子聽了之後幾乎不敢相信自己的耳朵，甚至懷疑女兒是不是精神出了問題。

——能不能請妳幫我查一查？我想知道女兒說的是不是眞的。我自己一個人什麼也做不了。

於是我代替什麼也做不了的妻子，調查了這件事。我見了身爲受害者的女兒，花了相當多的時間與心血，終於說服她說出了眞相。

我所提出的調查報告書，裡頭包含了環環相扣的證詞紀錄，以及醫療機構所開立的診斷證明。即使如此，母親看了之後還是一再強調「難以置信」。

——夠了，不用再查了。

母親對我說，家醜不能外揚，發生在家庭裡的問題只能在家庭裡解決。更何況做出那種行爲的惡徒或許另有其人。或許我家的女兒只是捏造了一個瞞天大謊，不僅欺騙了妳這個調查員，也欺騙了她自己。

我反駁了母親這套說詞，她氣得大哭，警告我不要破壞她的家庭。她說我沒有那麼做的權力。

我只能就這麼算了。畢竟我只是個調查員。一個背負著保密義務，只能做好自己分內工作的調查員。就算再怎麼不甘心，我也沒辦法說什麼。

「因此當我得知那個男人死於車禍的時候……」

「鐵鎚猶大」幾乎已相信了一半。這該不會眞的是義行吧？我撒的那些謊言難道成眞了？

「但是另一方面，我也告訴自己那只是一場偶然。畢竟這世界是風水輪流轉，正義偶而也會有獲得伸張的一天。」

那男人對女兒做出了那種惡行，或許意味著他早已喪失理智，陷入精神錯亂的狀態。如果眞是這樣，開車自撞也不是什麼奇怪的事情。

「沒想到寺嶋竟然出現了。他來到我面前，對我說了關於你的事。就從那一刻起，我的世界徹底改變了。」

我想要對柴野和己露出微笑，但我做不到。對一個極盡崇高的對象露出笑臉，是一件多麼不敬的事情。

「眞正的第一次『義行』，就發生在一月二十九日，就在那座中央分隔島上。你知道爲什麼嗎？」

因爲你看到了那個網站。

「因爲你得知了『黑色救世主』的存在，得知了『黑色羔羊』的存在。」

因爲故事終於完結了。

因爲救世主終於聽見了羔羊們的聲音。

因爲神終於降臨了。

「不，正確來說，是你終於成爲了救世主。」

於是我成爲了先知。

「你所看見的，就是神。」

我告訴柴野和己，那就是你所創造出來的神。

「妳錯了。」他睜大了受到陰影籠罩的雙眼，「原來妳才是眞正精神錯亂的人。」

「爲何這麼說？你不是也親眼看見了，那個有著你的臉孔的神？」

那個降臨在救世主面前的神。

「聖經上說『太初有話，話與神同在』(註)。既然如此，話也可以創造神。」

從前的人相信神創造了世界。但是有一天，人聲稱神已經死了。於是這世界上只剩下人。

神既然能死亡，當然也能誕生。在一個沒有神的世界裡，人就能創造神。如今的世界充斥著名爲「資訊」的「話」，這意味著神能夠從「資訊」中被創造出來。

誕生於這個地表的新神，將更貼近於人。

註：這段話出自於《聖經．約翰福音》，英文爲In the beginning was the Word, and the Word was with God。這裡的「話（Word）」在某些中文譯本中亦翻譯爲「道」。

我朝他走近了一步。他嚇得往後退縮。一步、兩步、三步……他走得搖搖晃晃，必須以手扶著我那輛老舊的豐田Corolla。

「妳瘋了嗎？絕對不可能有那種事。」

「當然有。」我說道，「接下來還會發生更多的義行。不管你說什麼，或是做什麼，都無法改變這個事實。」

救世主與先知的任務都已經結束。神已降臨世間，我們唯一要做的事情，就是瞻仰祂。

「告訴我……」

我對著柴野和己伸出了祈求憐憫的手。

「你所看見的神，有著什麼樣的身姿？當祂以那跟你一模一樣的臉孔看著你的時候，露出了什麼樣的表情？」

我是鐵鎚猶大，我是先知。我能看見救世主，卻看不見神。這世上唯有救世主才能看見神。

「告訴我吧……」

柴野和己像剛剛一樣瞇起了雙眸。他看著我的手，但那眼神不再像是看著某種光亮刺眼的東西，卻像是看著某種令他毛骨悚然的東西。

「妳錯了。」

他又說了一次這句話，接著他拍開我的手，轉身拔腿就跑。在溫暖陽光的照耀下，在這假日的安詳社區裡，我的救世主背對著我不斷奔逃。

沒有人能夠逃離神的掌控。

我的心中充塞著靜謐的喜樂。

或許你也會看見。就在未來的某一天。看見新的神。那位讓我成爲先知的神。臉孔和柴野和己一模一樣的神。

昨天，寺嶋來到了我的事務所。不是用走的，也不是用跑的。他是氣急敗壞地衝進了我的事務所。

「和己死了！」他的嘴裡這麼大喊著。

「參加員工旅行的時候，他從車站月臺上跳了下去！」

和己在死前留了一封遺書給父親。

——爸爸，請不要爲我難過。

我看見了那個，這是無法否認的事實。我看見了那個怪物，那不是幻覺。

後來又發生了一起家庭內的凶殺案，他又去現場看了。

——我看見了。我在那裡又看見了。

柴野和己在遺書裡告訴父親，他看見了來到黑色羔羊面前的神。

那是義行。那是神的義行。

——那個東西就是我。所以我下定了決心。這是我非做不可的事情。我必須與那個東西合而爲一。

只要我一死，就能與那個東西合爲一體。到時候我就能捨棄這個肉體，與那個東西同在。

——當我變成了那個東西，那個東西應該就能夠被大家看見了。因爲那個東西就是我。那是我的一部分，也是我的全部。那是我的罪業，也是我的正義。

——爸爸，等到那個時候，大家應該就能阻止那個東西，阻止牠的「義行」。

「妳到底對和己做了什麼？對我兒子做了什麼？妳對他說了什麼？妳讓他看了什麼？」

寺嶋朝我撲來，我們扭打在一起，撞上了事務所的牆壁，撞倒了椅子，撞倒了當作傘架用的備前燒的大壺。壺破了，發出刺耳聲響，我摔倒在碎片上。

接著，我看到了。

剛剛寺嶋進來時沒有關門，所以壺的碎片飛到了外頭的走廊上。

緩緩閃爍著毫光，綻放出萬千鋒芒的祂，朝著其中一塊碎片緩緩舉腳踏下。

沒有半點聲音。彷彿沒有重量。祂就在那裡，一步步踏入事務所。

祂終於降臨到了我的面前。

無數的光影組成了人的形狀，但那絕對不是人。祂的輪廓時而膨脹、時而收縮，而且忽明忽暗。

細微的光芒碎片組成的人形輪廓之中，有著跟繽紛光影數量一樣多的人臉。

那可能是犧牲者。可能是加害者。可能是羔羊。有大人，有小孩。有男人，有女人。

他們有眼睛。他們有嘴，但我聽不見他們的聲音。他們什麼也沒有訴說。他們就只是不斷蠕動，在表面忽隱忽現。

在那些人臉之中，我看見了柴野和己十四歲時的臉孔。我看見了他在中央分隔島上看見的那張臉孔。我看見了那張被他稱爲怪物的臉孔。

但是接著有另一張臉孔，將那張臉孔擠開了。那是一張我所熟悉的臉孔。曾經否定我的想法的臉孔。長大之後的柴野和己的臉孔。

他就在神的裡頭。

「和己……」寺嶋發出了呻吟。倒在地上的他，朝著閃爍的光影伸出了手。朝著一張張人臉伸出了手，宛如要將那些光影擁入懷中。

我也伸出了手。

神也將手朝我伸來。

兩隻手碰在一起了。身爲凡人的我的手，以及神的手。

「和己！」

寺嶋大聲嘶喊，朝著那團光影撲去。他穿透了那團光影，光影幻化成數百萬顆光點四下飛散，一張張人臉也跟著消失無蹤。

降臨就在一瞬間結束了。現場只遺留下不斷呼喊著和己的寺嶋，以及他的哽咽聲。

或許你也會看見。就在未來的某一天。看見新的神。那些無數的光影及人臉。

從那之後，我就開始思考。不停地思考。

我是猶大。鐵鎚猶大。我是等待著神的到來，聽見了神的聲音的先知。

但是在碰觸到神的手的那個瞬間，神對我說了一句話。我聽見了神的聲音。

——妳錯了。

我到底是先知，還是罪人？既然話可以創造神，既然人可以創造神，那麼人能不能打倒神？救世主有沒有能力矯正神的過錯？

既然柴野和己否定了神，我當然必須守護讓我成為先知的神。但要守護神，我就必須與神一戰。因爲柴野和己與神是一體的。

我到底是鐵鎚猶大，還是叛徒猶大？

碰觸了神之後，我的手掌上出現一塊血紅色的痣。

這是罪人的烙印嗎？

不，不對。我相信我是先知。我是神的先知。

神啊，我相信這手掌上的血印，是神賜給我的聖痕。

解說　Waiting

宮部美幸在短篇領域中的世代回顧，由不強調恐怖的現代怪談構成——《千代子》

※本文涉及故事情節，未讀正文者請慎入

日文版發行於二〇一一年的《千代子》，是宮部美幸的短篇集作品。書中收錄的五篇小說，在故事及角色上均沒有任何關聯，因此與她大多數短篇集採用的連作形式並不相同。如果以各篇最初的發表時間來看，相隔最遠的兩篇，甚至還相差了十一年之久，因此也使我們大可將這本宮部自選的短篇集，視爲她在獨立短篇創作領域中的一次世代回顧。

有趣的是，由於《千代子》收錄的五篇小說，均具有相當程度的超自然元素，是以從這個角度來看，我們甚至也能將本書視爲一本宮部的現代怪談短篇集。但與大多數怪談作品不同的是，宮部顯然並無意強調這幾篇小說中的恐怖性質，反倒是僅將那些無從解釋的「怪」，作爲推動各篇情節的關鍵要素。因此也讓這些作品就此與宮部的各種創作面相加以融合，於不同的故事氛圍中，藉由陰鬱、溫暖、釋然、執著、無奈及悔恨這些既相關又相對的情緒，展露出宮部作品一貫具有的獨特魅力。

全書開首的〈雪少女〉，是宮部發表於二〇〇〇年的作品，最初收錄於《雪女之吻　異形收藏綺賓館II》這本以「雪女」作爲主題的恐怖小說合集中。書內除了有小泉八雲、岡本綺堂等名家的經典之作，也邀請了菊地秀行等人，各自打造相關題材的短篇新作，而〈雪少女〉一篇，則正是宮部對「雪女」這個經典題材的現代演繹。

在〈雪少女〉中，宮部透過刻意疏離的淡然語氣，以第一人稱的方式帶領讀者進入主角的兒時回憶，並藉由故事末段的發展，將某些雪女傳說的要素給導入其中。但特別的地方是，隨著結尾的情節翻轉，究竟宮部所要描寫的「雪女」是誰，竟也成爲了一個殘留於我們心中的問題。

與難以解釋的靈異現象相比，一顆雖生猶死的嫉妒之心，是否才眞正如同冰雪一般地令人寒徹心扉？而又是什麼樣的心態與時機，才會讓人落入這等地步？透過〈雪少女〉這篇小說，宮部既向讀者提出了這些問題，同時也爲「雪女」這個經典元素，帶來了另一種與幽微人心有關的獨特詮釋。

第二篇的〈玩具〉，則首度發表於二〇〇一年的短篇合集《玩具館　異形收藏》中。與具有心理驚悚特質的〈雪少女〉相比，〈玩具〉除了是更爲明確的鬼故事，卻也將恐怖氣息降得更低，在融合更具反映社會光景的元素後，爲讀者帶來了一則既顯得如此無奈，卻又還是保留了一絲溫馨之情的奇妙故事。

在〈玩具〉裡，宮部把沒落的商店街即將被大型超市取代這樣的情況，與故事中年邁角色的處境加以結合，因此使這篇小說雖然並非透過回憶角度描述，卻也在字裡行間中散發出一股懷舊氣息，也讓故事彷彿被籠罩在一片落日餘暉的昏黃之中。

本作透過小鎮生活的流言蜚語，緩緩加強那股揮之不去的無奈感。而宮部在處理角色心態上的留白手法，也更強調出一種孤寂的效果，甚至更透過結局把那股諷刺的無奈感放至最大，也讓遊魂無家可歸的恐怖故事，就此化爲了一則哀傷的現代都市寓言。

至於與書名同名的〈千代子〉，則在二〇〇四年一月號的《小說すばる》裡首度發表。有趣的是，宮部之所以寫下這篇「神祕布偶裝」的故事，是因爲她生性害羞，每次在舉辦朗讀自己作品的活動時，總會藉由COSPLAY相關造型的方式來減輕壓力。而在那次的朗讀活動中，由於她特別想穿布偶裝上台，這才因此針對這個題材，寫下了〈千代子〉這則短篇。

從內容來看，〈千代子〉有點接近日本經典單元劇《世界奇妙物語》的感覺，以可愛逗趣的方式，成功喚醒了讀者的回憶，讓人想起自己小時候特別鍾愛的某個玩具或物品，因此在讀完全篇後，甚至還會停下片刻，就這麼在自己的回憶倉庫裡翻箱倒櫃，藉此重溫往昔。

有趣的是，那些早已被我們收進記憶深處的物品，在〈千代子〉中也相當程度地象徵了處於我們心中的天眞與善意。而故事末段那個帶著些陰鬱感的安排，也同樣強調出了人性的幽微之處，使這則故事既像童話般甜美，卻也不忘提醒我們現實中依舊不免存在的人性陰影。

一九九九年一月，宮部以《理由》拿下了第一二〇屆直木獎。就日本知名評論家大森望指出，當時的直木獎有個慣例，也就是每位得主都會在《別冊文藝春秋》這本雙月刊中，刊載他們得獎後的第一篇短篇。而本書第四篇的〈石枕〉，除了是《千代子》中發表時間最早的一篇以外，同時也正是宮部那値得紀念的「直木獎後首作」。

與前面三篇相較，〈石枕〉具有明顯的推理氣息，跟〈玩具〉也在部分主題上有所重疊，同樣描繪了口耳相傳的謠言，在恐怖故事的傳播過程裡所佔據的重要地位。

但在此同時，〈石枕〉也比〈玩具〉更深入探討了恐怖故事或都市傳說背後隱藏的集體心態。那些透過細節與角色塑造，暗示受害者本身也有問題的謠傳，確實精準說明了許多都市傳說背後所具有的社會含義，讓人將對於治安相關的恐懼，以及保護自我的種種心態，就這麼透過言之鑿鑿的謠言給扭曲了眞相。甚至直至今日，我們也同樣能在眾多性騷擾與性侵案中，看到相同的偏見被不斷重複，因此也使〈石枕〉在發表超過二十年後的如今看來，卻也依舊令人嘆息地不顯過時。

至於全書壓軸的〈聖痕〉，則是距離現在最近的一篇作品，首度發表於二〇一〇年的《NOVA2　全新日本科幻小說選集》中。

在較爲溫暖的〈千代子〉與〈石枕〉後，宮部轉往截然不同的方向，選擇以全書最爲黑暗的故事爲本書收尾，透過宗教色彩濃厚的元素，爲讀者帶來一股黏膩濃稠的不適感，在人性方面的探索，也像是領著讀者來到了深淵面前，讓我們望進深不見底的一片漆黑之中。

這則短篇融入了較爲沉重的社會議題，包括家暴、少年犯，甚至是群眾對於私刑正義的渴望等等，均在本作中扮演了重要關鍵。此外，再度延續〈玩具〉與〈石枕〉的謠言主題，也在本作中變得更貼近現在，透過網路這樣的存在，描繪出傳言如何屢屢變化的經過，甚至更藉此直指宗教的形成原因，使得讀完後的餘味，也因此更顯陰鬱複雜。

綜觀《千代子》收錄的作品，宮部除了藉由其中的共通元素，使本書維持一定的整體感以外，甚至也透過故事中略微不同的氛圍，將其作爲一種時間上的標記。

而縱使這五篇作品就這麼處於一整個世代的不同位置，但在讀完之後，我們卻也會發現，她在這些可以被視爲現代怪談的小說裡，卻也正如我們開頭時提及，所關注的並非是那些超自然元素可以多麼嚇人，而是在於人心究竟能滋生出怎樣的「怪」，這些「怪」又會以什麼方式溢到現實之中，讓人從此難辨眞假。

宮部美幸在短篇領域中的世代回顧，由不強調恐怖的現代怪談構成。這，就是《千代子》。

作者簡介

Waiting

本名劉韋廷，曾獲某文學獎，譯有某些小說，曾爲某流行媒體總編輯，近日常以「出前一廷」之名於部分媒體撰寫電影相關文章。個人FB粉絲頁：史蒂芬金銀銅鐵席格

宮部美幸

作品集 / 73
Miyabe Miyuki

千代子

國家圖書館出版品預行編目資料

千代子 / 宮部美幸著 ; 邱香凝、李彥樺譯. -- 初版.-- 臺北市 : 獨步文化，城邦文化事業股份有限公司出版 : 英屬蓋曼群島商家庭傳媒股份有限公司城邦分公司發行, 民110.8
面； 公分. --（宮部美幸作品集；73）
譯自：チヨ子
ISBN 978-986-5580-77-3（平裝）
978-986-5580-76-6（EPUB）

861.57 110009445

原著書名 / チヨ子・作者 / 宮部美幸・翻譯 / 邱香凝、李彥樺・責任編輯 / 張麗嫺・編輯總監 / 劉麗眞・總經理 / 陳逸瑛・榮譽社長 / 詹宏志・發行人 / 凃玉雲・出版社 / 獨步文化 城邦文化事業股份有限公司 104台北市中山區民生東路二段141號5樓 電話 / (02) 2500-7696 傳眞 / (02) 2500-1966; 2500-1967・發行 / 英屬蓋曼群島商家庭傳媒股份有限公司城邦分公司 104台北市中山區民生東路二段141號2樓・網址 / WWW.CITE.COM.TW・讀者服務專線 / (02) 2500-7718; 2500-7719・服務時間 / 週一至週五：09：30-12：00、13：30-17：00・24小時傳眞服務 / (02) 2500-1990; 2500-1991・讀者服務信箱 e-mail / service@readingclub.com.tw・劃撥帳號 / 19863813 戶名 / 書虫股份有限公司・香港發行所 / 城邦（香港）出版集團有限公司 香港灣仔駱克道193號東超商業中心一樓 電話 / (852) 25086231 傳眞 / (852) 25789337 e-mail / hkcite@biznetvigator.com・馬新發行所 / 城邦（馬新）出版集團 Cite (M) Sdn. Bhd. 41, Jalan Radin Anum, Bandar Baru Sri Petaling,57000 Kuala Lumpur, Malaysia 電話 / (603) 90578822 傳眞 / (603) 9057 6622 e-mail / cite@cite.com.my・封面設計 / 鄭婷之・排版 / 陳瑜安・印刷 / 前進彩藝有限公司・2021年（民110）8月初版・定價 / 280 元
Printed in Taiwan ISBN 978-986-5580-77-3・978-986-5580-76-6（EPUB）

宮部みゆき